魔法の色を知っているか？

What Color is the Magic?

森 博嗣

イラスト——引地 渉
デザイン——鈴木久美

目次

What Color is the Magic?

by

MORI Hiroshi

2016

魔法の色を知っているか？

ケイスは反転（フリップ）した。自作プログラムは第五ゲートに到達している。自作の氷破り（アイスブレーカ）が眼前で点滅し変形するのを見つめながら、ほとんど意識しないうちに、手がデッキの上を動いて微調整している。半透明の色面が組み替わるさまは、手品のカードのようだ。カードを一枚お引きください。どれでもけっこう。

（Neuromancer / William Gibson）

登場人物

ハギリ -- 研究者
ウグイ -- 局員
アネバネ -- 局員
ラマ -- 最高僧侶
ツェリン -- 研究者
リョウ -- 生物学者
テンジン -- 知事
ヴォッシュ -- 科学者
カンマパ -- 区長

プロローグ

空港の高い天井が、まるで浮いている巨大宇宙船に見えたが、もちろん、そんな宇宙船の実物を見たことはない。おそらく、フィクションの映像記憶だろう。長く生きていると、記憶のソースが曖昧になるものだ。ここが地球上ではなく、たとえば大気圏外のステーションだったら、多少はフィクションに相応しいかもしれない。ただ、その種の夢の宇宙は、この頃では観光的にも下火になっているらしい。何故なら、目新しいのは地球というあまりにも見慣れた星の表面だけで、そのほかの大部分は単なる漆黒の夜空、それも無に近い旧来の空白だからだ。

　空港という施設は、もう百年ほどなにも発展をしていない。そもそも航空機が前時代的な乗り物になってしまった。エネルギィ効率が悪すぎるためだが、それよりも人間が高速で移動することの無意味さが広く大勢に理解された結果と見ることができるだろう。人類は賢明に努力をし、賢くなり、そして慎重になる。争いをしたがる若い命も減ってしまった。穏やかになり、なにもかもが夜空のように平坦になりつつある。

セキュリティのレベルが高いスペシャル・ルートで建物に入った。これは初めてのことだったし、そもそもそんなルートの存在さえ知らなかった。自分もVIPになったものだ、と思ったけれど、もちろんVIPになりたかったわけでもなく、またその価値も感じない。

　出かけるときに渡された新しいメガネをかけていた。そこに表示されるとおりに、ここまでやってきた。どのゲートもフリーパスだ。向こうが勝手に僕を認識してくれる。建物に入ったところで、案内の女性が近づいてきて、この上ない淑(しと)やかな滑(なめ)らかさで、控(ひか)え室(しつ)まで導いてくれた。彼女は人間ではない。普通の人にはわからないだろう。

　控え室には、ウグイが待っていた。壁際に立っていて、僕が入るまえは、壁にもたれていたのだろう。そんな短い過去の気配が見えるのは、メガネの機能ではなく、僕が彼女をよく知っているからだ。

「おはようございます」そう言いながら、ソファへ誘う仕草(しぐさ)。「いかがでしたか?」

「何が?」腰掛けながら問い返した。

「こちらまでの道のりです」

「ずっと寝ていたからね。いかがと言われても……」そう言って微笑(ほほえ)んで見せたが、ウグイはにこりともしない。しかたがないので、少し考えてからなにか話すことにした。想像にすぎないが、相手に話させる技術も情報局の必修科目なのだろう。「夢を見ていた。そういえば、自分は文化広報委員会の委員長だったって思い出す夢で……、はっとして、すぐに開催日を決めなければ、と焦ったよ」ウグイは黙って、僕を見つめている。話のさきを促しているように見える。これ以上ははっきりと思い出せないので、話せないのだが、彼女の圧力に負けて続けることにした。「いろいろな焦り方をしたのちに、まあ、その……、目が覚めてね。棺桶が振動していて、違う、チューブに乗っているんだって思い出して、それから……、じわじわと転職したことも思い出して、つまり、ああ、もう、委員会なんてないんだって、ほっとした」

三秒ほど、ウグイは黙っていたが、「飲みものをお持ちしましょうか?」ときいた。

「じゃあ、コーヒーを」

ウグイは部屋から出ていった。後ろ姿を見たが、髪が長くなっているように見えた。たぶん、今朝五センチくらい伸ばしたのだろう。夢の話なんかするんじゃなかったな、という後悔を振り払うために、僕は立ち上がって、窓際まで歩いた。

外は雨だ。遠くまでは見えない。

それでも、建物の近くに航空機が数機見えた。どれも真っ白で、細長い。滑走路も一部が見える。エンジン音などはまったく聞こえない。つい、自分のすぐ前の窓が何重ガラスだろうか、と知りたくなり、焦点距離を変えた。指を付けて、「このガラスの厚さは?」と呟くと、その答がメガネに表示された。二十八ミリだった。レーザか超音波のいずれで測ったのかはわからない。防弾ガラスらしい。ソファまで戻って、腰を下ろしたところへ、ウグイがトレィにカップをのせて戻ってきた。

「フライトは約二十二分三十秒後です」彼女が言った。座る場所はまだいくつもあるのに、立ったままである。膝も隠れるブーツを履いていたので、皺が寄るのを避けているのかもしれない。これは自分に対するジョークだ。

「コーヒーを約十二分で飲むよ」僕は口をつける。かなり熱かったが、約五分で冷めるだろう。細かい数字なのに「約」をつけるウグイの癖を頭の中で転がしていたが、口からは出さなかった。もしかして、機嫌が良い？　それはそうだ。こんな遠出の旅は、久し振りなのだから。

「では、そのあとで、スタッフを一人紹介いたします」

「え？　スタッフって、何をする？」

「お供をします。先生のガードが役目です」

「へえ……」そこでコーヒーを啜った。「それは、君の役目だと認識していたけれど」

「はい」ウグイは頷いた。待っていたが、彼女はそれ以上話さない。

しかたなく、沈黙の小宇宙で一人コーヒーを飲んだ。壁を背に、ウグイは人形みたいに立ったままだ。この部屋には、ほかに見るべきものもない。ソファの前の低いテーブルには、ニュースの画像が映っていた。海を渡る自転車レースの結果だった。つまらない。ちらりちらりとウグイを見ると、向こうはじっとこちらを見返す。それで、また視線を逸らせる。なにか話すことはなかったか。課題は多いし、話題も尽きないはずなのだが、特に緊迫するようなテーマは見つからない。旅の行程は説明を受けていたし、それ以上に、注意事項を五十項目くらい聞かされている。勝手に買い食いするな、みたいな幼稚なものもあった。何十年もまえのことだが、子供の頃、休みのまえに学校から受ける指導を思い出してしまった。ああいうのを支配というのだろう。

ドアがノックされ、それと同時に音もなく、さっとウグイがそちらへ歩いた。彼女がドアを少しだけ開けて、外を確かめた。頷いただけでドアを再び閉め、僕の前に戻ってきた。

「何？」と僕はきいた。

「新しいスタッフが来ました。名前はアネバネといいます。入れても良いですか？」

「なにか、いけない理由がある？」

「はい」ウグイは頷く。「先生は、まだコーヒーをお飲みになっていません」

カップのコーヒーはまだ半分残っていた。メガネに表示されている時刻を確認すると、まだ八分ほどしか経っていない。

「なるほど、四分早く来たってことかな。気にしなくても良いよ。入ってもらって」

ウグイはまたドアへ行き、それを引き開けた。そこに立っていたのは、僕の想像をはるかに下回る体格の人物だった。つまり、比較的小柄で痩せていて、ひ弱そうな男なのだ。ガードというからには、もう少し体力的に優れた者が任務に当たるのが普通ではないだろうか。

　僕は立ち上がって、出迎えた。部屋の中に入り、ドアを閉めて、その男は無表情のまま頭を下げた。髪が目にかかっている。片目だけのアイグラスを着けていたが、どんな仕組みでそれが顔に留まっているのかわからない。

「アネバネです」顔を上げて彼は言った。「ハギリ博士、よろしくおねがいいたします」

「どうも」僕は答える。握手をするつもりだったのに、まだ五メートル近く離れているので僕の手では届かない。たぶん、二人が手を伸ばしても無理だ。

「お目障りかと思いますが、ずっと先生の近くにいるのが私の任務です。ご容赦いただきたいと存じます」

「はい、わかりました」僕は頷く。

　アネバネは、見かけは十代の若者に見えた。もちろん、そんな年齢ではないだろう。アイグラスに隠れている方はほとんど見えないが、もう片方は緑色の瞳だった。天然の目ではなさそうだ。彼はドアを背にしたままで、近くへは来ない。ずっと近くにいるのが任務だと言ったが、ずっとという形容は、時間的な継続の意味らしい。

「君は、何が好きなのかな?」僕は質問した。

「特に好きなものはありません」

「得意なものは?」

「それはお答えできません」

「どうして?」

「機密事項だからです」

「なるほど……」僕は笑うこともできず、ただ頷いた。ウォーカロンだろうか、と思ったけれど、べつにどちらだってかまわない。「ただ……、私を守ってくれると言うからには、最低限、その、私を安心させるような能力があることを語ってほしいけれどね」

「ご安心下さい」

そんな言葉だけで安心できたら、警察も裁判所も政府もいらないぞ、と思ったが、微笑んで黙っていることにする。大人というのは、こういうものだ。たぶん、僕の方が歳上だろうから。

もっとも、ウグイにしても、見た感じはファッション人形と大差はない。どこに武器を隠し持っているのかもわからない。それでも、彼女には何度も命を救われている。

ウグイとアネバネは、お互いを見なかった。約七メートルほど離れて立っている。どちらもN極なのかもしれないが、見方によっては、そういうフォーメーションにも捉えられる。いずれの方向から敵が襲ってきても大丈夫なように守りを固めているのだろうか。そう思うことにした。

　二人を観察し、あれこれ妄想しているうちに時間になった。僕の荷物は、ほとんど預けてあって、もう飛行機に載っているらしい。ウグイが片手で誘導したので、立ち上がって、ドアへ歩いた。アネバネがドアを開けてくれた。

　通路へ出ると、僕の横にウグイが付き添い、三メートルほど後ろをアネバネが歩いた。おそらく、前を向いているから、その分前は安全という計算だろう。どんな行動にも必ず理屈がある。それが、彼らのやり方だ。

　海底を走るチューブで行かない理由を、以前にウグイに尋ねた。チューブは、途中で進路を変えられない。異変があったときに融通が利かない、というのが理由だった。航空機での移動の方が対処がしやすい、と言うのだ。だが、以前に飛行機で移動をしている途中に狙われ、パラシュートで脱出する事態になったではないか、と僕が言うと、今度はもう少し上等なパラシュートを用意しておきます、と彼女は答えたのだ。

「上等なパラシュート、用意した？」歩きながら、ウグイに尋ねた。

「はい」彼女は頷く。

「え、本当に？　どんな？　あ、まさか、エンジンを背負ったみたいな、あれじゃないだろうね」

「背中にエンジンを装着するタイプです」

「駄目だ。あれは、熱感知で追尾される」

「エンジンが熱を出さなくても、体温で追尾されます」

「気が進まないな」

「最後の手段が、それだということです。それを使う可能性はほとんどありません」

「でも、攻撃されたら？」

「大丈夫です」

「戦闘機が護衛してくれるとか？」

「それに近いですね」

「近い？」

第1章　一連の問題　Sequence of matters

黒いパイル地の汗止め（スウェットバンド）を額に巻きながら、平べったいセンダイ皮膚電極（ダーマトロード）を傷めないよう、気をつかう。膝の上のデッキを見つめるが、本当はそこを見ているのではない。見えているのは仁清（ニンセイ）の店のウィンドウ。ネオンを反射して燃えるようなクロームの手裏剣（シュリケン）。ケイスは眼を上げた。ソニーのすぐ上の壁に、モリイからの贈り物が掛けてあるのだ。中央の穴に黄色い頭の画鋲を通してとめてある。

1

時間どおりに飛行機に乗ったのだが、これは想像していたものと大きく違っていた。客席が並んでいて、それとは別に操縦室があるというのが普通だと思う。ところが、搭乗するドアさえなかった。シートに上から降りる感じで乗り込み、しかも乗ったのは、僕のほかにウグイとアネバネだけ。その三人が乗ると、後ろから透明のキャノピィがスライドしてきた。なるほど、この小型機に乗って、どこかで待機している大型機まで移動するのだな、と思った。

僕の前にウグイがいて、ヘルメットを被れ、ベルトを締めろ、と指示をする。言われるとおりにすると、小声でも彼女と話ができるようになった。僕の後ろにはアネバネがいるようだ。ベルトを締めたので後ろを振り向くこともできない。

「自動で飛ぶのかな?」とウグイに尋ねると、「はい、ほぼ自動です」と返事が返ってくる。

前進して滑走路に出たところで一度停まったが、すぐに加速し、あっという間に離陸した。躰がシートへ押さえつけられ、ものも言えなかった。たちまち、雲の中に入り、視界は真っ白になる。シミュレータ遊具で経験したことはあったけれど、加速度はあれの三倍はあるだろう。こういう非常識な体験をすることになるなら、事前に教えてほしいものだ。

「アネバネ氏とは、会話はできないのかな?」僕は尋ねた。エンジン音が喧しいが、これでも防音されているのだろう。

「アネバネが、機内に回線を切り換えれば話せます」ウグイの声が答える。「なにか、お話しになりたいことがあれば、手を上げて合図をすればわかるかと」

「いや、べつに話したいことはないけれど……。もしかして、後ろの彼が操縦士なの?」

「はい」

「ああ、そうなんだ」と振り向こうとしたが、躰が動かない。「操縦士だったら、一番前にいれば良いのに」

「伝統的に、操縦士は後ろです」

突然、明るくなった。眩しくて目を細める。これでも、瞬時にヘルメットの液晶ゴーグルが透過光を調整しているはずだ。右を覗くと、下に白い雲が見える。それもみるみる低くなる。まだ上昇しているようだ。太陽を避けて見回すと、綺麗な青い空が広がっている。こんな空は最近では滅多に見ることはできない。地球上はまえよりもずっと雲が多くなったからだ。

突然機体はロールし、頭上が白い雲になった。上下が逆さまになったのだ。しかし、躰はシートに押しつけられる。そして、また半転し、空が上に戻った。ロールしている一瞬は不思議な体感で無重力みたいだ。ただ、目が回る暇もない。機体は、水平飛行になったらしい。左右の景色からだいたいそれがわかった。巡航高度に達したのだ。

見渡す限りなにもない。あるのは光、そしてずっと下方の雲。ほかに飛んでいるものは見えない。方角としては、南西へ向かっているようだった。

「あのさ、脱出するときは、どうするのかな？」

「脱出、といいますと？」

「攻撃を受けたら、また脱出するんじゃやない？」

「攻撃を受けるまえに、邀撃します」

「邀撃ね。なるほど。でも、誰が？」

戦闘機が護衛をするような話だったが、それは目視できないほど遠くにいても可能なのだろうか。しかし、そこで少し考え、ようやく状況を理解した。今乗っているこの飛行機が戦闘機なのだ。邀撃を自分でしながら飛ぶという意味だったのか。僕が知っている範囲では、戦闘機というものは無人で飛ぶ。大きい戦闘機は、空対空ミサイルの発射装置でしかない。小さい戦闘機は、個人を殺すためのドローンだ。敵が襲ってくるとしたら、ミサイルかドローンだが、この高度でこの速度になれば、ミサイル以外にないと判断できる。素人の考えだが、おそらく大きく外れてはいないだろう。

航空工学はもちろんだが、工学自体が既に百年もまえに成熟の域に達してしまい、その後はほとんど発展していない。発展の必要性が乏しくなったためだが、人類どうしで殺し合う必要性も減少した。それどころではなくなってしまったのが、今の時代といえる。

「どれくらいかかるのかな?」ウグイに尋ねた。

「四時間弱です」

珍しく、アバウトな表現だった。

「一気に行けるんだね」

「途中で給油しますので、そのとき速度を落とします」

「へえ……」

空に給油スタンドはないはずだから、別の飛行機が来るということだろう。それは見物だ、と思ったけれど、瞼が重くなっていて、そのまま眠ってしまった。

次に目を覚ましたときには、周囲が真っ白で、降下しているようだった。時刻はまもなく正午。でも、それは日本の時間だ。どうやら、空中給油のシーンを見逃したみたいだ。教えてくれたら良かったのに、と恨めしく思った。もしかしたら、敵を邀撃するような場面もあったかもしれない。大きな音や振動があれば、目が覚めたはずだが。ウグイにきこうと思ったけれど、黙っていることにした。それよりも、これからの心配をした方が良いだろう。

やがて、雲が薄れ、山が見えてきた。湖らしきものもある。ところどころに、水溜りのように白い部分があって、それが人工物だとわかる。四千キロ近く離れている場所だが、日本との時差は一時間だと聞いていた。

2

チベットのラサ空港に無事に着陸した。途中で攻撃があったのかどうかは、話題にもならなかった。あったとしても、なかったとしても、これから起こることの確率に影響があるとは思えない。ただ、現在でも僕の命を狙うような勢力が存在するのだろうか、という疑問は持ち続けている。コストパフォーマンス的に合わないように思えるのだが、価値観というものは人それぞれだろうし、現状認識のずれによって大きく異なってくることは理解している。結局は、可能性の大小を考察しても無駄だという結論になってしまう。

空港からは、コミュータに乗ってホテルへ向かった。賑(にぎ)やかな街を途中で通った。ストリートを歩く人々は、日本人よりはいくらか自然に見える。それでも、子供はいない。老人が多い。老人が多いというのは、つまり人工的な医療処置を受けられない貧困層が多いということかもしれないし、あるいは、老人であることにまだ価値を見出(みいだ)す文化が残っているとの解釈もできる。

ホテルの前でコミュータを降りた。エントランスには真っ白な制服のホテルマンが立っていた。ウグイが僕の横を歩き、アネバネが後ろからついてくる。

ロータリィの端(はし)に停まっていたコミュータから降りた老婆が、左から近づいてくる。大きな鞄(かばん)を引きずっている。僕は彼女に目を留(と)めた。向こうもこちらを見たが、すぐに目を逸らせた。それなのに、歩き方は変化がない。表情もどこかぎこちない。ウォーカロンにちがいないと職業柄感じた。その彼女が三メートルほどに近づいたとき、こちらになにか言った。言葉は聞き取れなかったが、僕以外に受け取る人間はいないように思われた。

「何て言った?」僕は横にいるウグイに尋ねた。少なくとも、僕のメガネは、老婆の言葉を翻訳(やく)することができなかった。解読困難のシグナルが数回点滅しただけだ。

老婆は、下を向き、引きずっていた鞄の中から黒いものを取り出した。それを両手で前に差し出す。

ウグイが僕の腕を強く引き、僕は膝を折って尻餅をつく格好になった。

老婆が、それを僕へ突きつける。

武器か。

しかし、一瞬なにかが通り過ぎて、老婆は後方へ弾き飛ばされた。

黒い武器は落下し、音を立てて僕の足許に落ちて弾んだ。見るとそこには、老婆の両腕が残っている。老婆は仰向けに倒れたまま動かない。アネバネが跪き、彼女を観察している。赤い液体がクリーム色のタイルに広がり、目地を際立たせた。

ウグイが起こしてくれて、そのままホテルの入口の方へ引っ張られた。ドアの中に入り、そこでウグイは手を放す。もう片方の手には、いつの間にか銃が握られていて、彼女はそれを周囲に向けた。ロビィにいた大勢が驚いて立ち尽くしている。

「警察です」ウグイは英語で叫んだ。「不審な者を撃つ許可を得ています」

奥からガードマンのような男が両手を挙げた姿勢で近づいてきた。

「外で襲われました」ウグイがその男に言った。「処理をお願いします」

ガードマンは頷いた。銃を下げるように、と身振りで示した。ウグイは、まだロビィを見回していたが、やがて銃を下げた。

ガードマンと入れ替わりでアネバネが入ってきた。表情はまったく変わらないが、ロビィを数秒間かけて無言で見回した。あのアイグラスには、レーダの機能があるのだろうか。

フロントでチェックインして、エレベータに乗り、地下五十階へ降りる。エレベータを降りるときにウグイがセキュリティコードを使ったようだった。目の前が部屋の入口のドアだった。そこをウグイが開けて、アネバネがさきに入っていき、しばらくして、中から「どうぞ」と声をかけた。

そういうわけで、ようやく比較的寛げる空間に入ることができた。液晶窓には、ありもしない風景が映し出されていて、部屋は照明をつける必要がない。広いリビングルームのほかに幾つか寝室があるようだった。ウグイがそれらをざっと調べて回っている間に、僕はアネバネに尋ねた。

「さっきのあれだけれど……、どうやったの？」

「どうと言いますと？」アネバネがきき返す。

「おばあさんの腕を切ったように見えたけれど」

「切りました。あれはおそらく、生け捕り誘拐用の器具です」

「生け捕り？　誘拐？　あ、そう……。武器だってことだね？」

「断定できませんが、その判断をする余裕はありませんでした」

「いや、責めているわけではない。たぶん、救ってもらったのだと、私は思っている」

アネバネは無言で頭を下げたが、僕が知りたかった腕を切断した手法については話すつもりはないらしい。彼の全身をスキャンしたけれど、目立った武器を持っているようには見えない。少なくともメガネが教えてくれるはずだ。また、細い肢体には、そもそも大きな装備を隠す余裕がないことは明らかだった。あるいは、躰にそうしたメカニズムを内蔵しているのかもしれない。そう考えると、片目のアイグラスも気になるところだ。残念ながら、彼とはまだほとんど話をしていないため、人間なのかどうかの判断もつかなかった。

サンドイッチに似せた簡易なランチが運ばれてきたので、ウグイは飲みものを作った。それを三人で食べながら、今後の予定をウグイから聞いた。テーブルにこの国のマップを表示させ、ルートを教えてもらった。目的地は、ここから約三百キロほどの山岳地帯だ。

「おそらく、ほかの参加者も今日この街へ入ったと思います。同じホテルの人もいるかもしれません」ウグイが言った。

人工生体技術に関するシンポジウムが開催される。そこへ僕は送り込まれることになったのだ。もちろん、興味はある。だから、嫌ではない。でも、最近自分の周りで起こった目まぐるしい状況から、けっして安全な旅行ではないことは容易に類推できるところだ。いくら、二人の優秀なガードが付き添っていても、である。

僕は研究者だが、もともと、その分野が専門ではない。バイオテクノロジィではなく、メカトロニクス畑の人間である。ただ、開発した測定器が、向こうの分野で利用されているというだけだ。

僕が持っている技術は、人間と人間以外を識別する測定システムで、現在のところ世界唯一、あるいは最高精度の手法として認められている。その装置は既に世界中で使用されているけれど、しかし、常にバージョンアップが求められるため、今後しばらくはそれに関らなければならない立場に僕はある。僕以外の人間にそっくり任せることは今はできない。そこまで僕自身の経験が完全に定量化されていないからだ。逆にいえば、僕を抹殺（まっさつ）すれば、そのシステムの相対的な性能低下を招く。そう考える者が少なからずいて、命を狙われる。これは単なる憶測に過ぎないのだが、ウグイたちが僕をガードしているのは、その憶測に基づいて日本政府が働きかけた結果らしい。

何故、システムのバージョンアップが必要なのかといえば、識別手法に対応した新種が現れるからで、つまり、殺虫剤と同じだ。画期的に効き目があるものが市販されれば、そのうちにその殺虫剤で死滅する種が減少し、効かない新種が増えてくる。仕組みはやや違うが、現象はそれに類似している。

人間以外というのは、別の言葉にすればウォーカロンだ。これは自然に発生するものではなく、メーカが生産する製品である。したがって、識別されないことに製品価値が生じて、それが企業の利潤を導く環境があり、そのためにソフト的な対処と頭脳へのポスト・

インストールが、比較的短期間に実施されている。しかもその対応は、新種の蠅が増加するよりも、はるかに早い。

それでも、その早さが、僕にはありがたい条件だともいえる。この仕事で食いつなげるという意味ではない。早い対処が意味するものとは、単に表面的なパッチ処理に過ぎないということ。測定器に見抜かれないように、その場限りの手を打つ行為は、根本的な解決ではない。根本的な解決ができないことの証左なのだ。

根本的な解決とは、すなわち、人間の頭脳を完全にシミュレートすることであって、それが実現すれば、当然、識別は不可能になる。そして、それはつまり、ウォーカロンが人間になることを意味している。両者に違いはない。まったく同じものになるということだし、ウォーカロンという存在の消滅ともいえる。否、それは逆かもしれない。消滅するのは明らかに人間の方だろう。

3

午後には、この国の僧侶が会いにきた。事前に人物の紹介をウグイがしてくれたが、大変な実力者で、政治にも、また軍部にも強いコネクションを持っているという。宗教が軍部に対してどんな発言をするのか聞いてみたいものだと思った。

「そんな偉い人だったら、こちらから出かけていった方が良かったのでは？」とウグイに尋ねると、

「あちらの指定で、ここでということになりました。その方が目立たないのでしょう」とのこと。それは、たしかにそうかもしれない。

「どう、呼べば良いのかな」

「名前では呼びません。貴方(あなた)、でよろしいかと」

白い衣装の人物たち二人を連れて、そのラマが部屋に入ってきた。通路にまだ大勢残っているようだった。両手を合わせてお辞儀をするので、こちらも頭を下げた。

挨拶(あいさつ)が終わって、お互いにソファに座った。背の高い老人で、日焼けしたような肌。サングラスをかけていたが、着ているものは古風で、長い茶色の布をただ躰に巻いたみたいに見える。簡素なサンダルを履いている両足と、片方の腕だけが肩の近くまで露出している。

この国のことで幾つか会話があった。すべて英語だ。どうして、こんな重要な人物が僕に会いにきたのか、話の内容からはまったく察することができなかった。

「子供が生まれないことについて、ハギリ先生はどう考えていらっしゃいますか？」ラマが突然僕に質問をした。コーヒーカップをテーブルに戻したときだった。そして、そう言ったあと、視線を上げて、僕を刺すように見た。

「その問題は、大きな関心事ではありますが、私の専門ではありません」僕は答える。

嘘偽り(うそいつわ)のない正直なところだった。つい最近までは、さらに自分から遠いところにある社会問題にすぎなかった。

「ウォーカロンと関係がありますか？」それが二つめの質問だった。

「わかりません」これも正直な返答である。「一般に、人工細胞の開発時に、なんらかのウィルスが発生したのではないか、と考えられていることは認識していますが」

「今回のシンポジウムでは、そのテーマでは議論はされませんか？」

「ある程度は話題になるかと思いますが。発表される論文を見たかぎりでは、その方面のものはありません。あくまでも、人工細胞、人工生命体、人工知能に関する技術と、それらの応用分野がテーマです」

「シンポジウムの会場への道の途中、東へ少し入ったところに、ナクチュの特別区があります。本当は、ナクチュはもっと広い範囲を示しますが、その特区には名称もなく誰にも知られていません。周辺は街も村もなく、特区以外には人が住んでいません。それで、ナクチュといえば、今はその特区の呼び名になりました」ラマは声を少し落とした。「何故、特区なのかと言いますと、我が政府はそこに少数民族を隔離しているからです。そこでは、今も人間の子供が生まれています」

実は、この噂(うわさ)は聞いていた。しっかりとした場所は特定されていないが、そういう民族が存在するという情報だった。世界中で、そういった場所が幾つかある。例外なく外界とは閉ざされた少数民族の小部落だ。つまり、ウィルスの感染が及んでいないということだと理解されている。隔離しているというのは、人の出入りを禁止して、感染防止に努めているという意味だろう。

「なにか、特別な条件がありますか？　そこにだけあるような」

「はい。慎重に扱っています。国内の研究者を集め、調査をするチームも五年まえに発足し、極秘に研究を進めています」ラマはそこまで言って、左右に首をふった。「しかし、確かな成果はまだなにも挙っていません」

「そうですか。個人的な意見ですが、もっと広く情報を公開した方が、原因究明が早まるのではありませんか？」

「残念ながら、私にはその権限がありません」ラマはまた首をふった。

秘密にしているのは、もし原因が突き止められた場合、それが国益になるという判断にちがいない。原因がわからなくても、子供が生まれるというだけでも、今では相当な国益といえる。

「それで、一つお願いがあります」ラマは両手を合わせた。これがここへ彼が来た理由だな、と僕は身構えた。「その調査チームの一人がこちらへ来ております。先生のご案内をさせるために、私が人選をしました。信頼のおける人間であることは、私が保証します」

ラマと一緒にやってきた二人の人物を僕は見た。しかし、彼らではなさそうだった。そこで、壁際に立っているウグイに視線を移した。

「ガイドをしてくれるのは、ツェリンさんという方だと聞いています」ウグイが言った。

「ツェリン・パサンが、この部屋に来ます」ラマが言った。

それと同時にドアがノックされた。近くにいたアネバネが、こちらが頷くのを確認してからドアを開けた。一人の女性が部屋に入ってきて、両手を合わせてお辞儀をした。ベージュのスーツで、髪は白い。中年に見える女性だった。

4

ラマたち三人が退室し、部屋にツェリンが残った。彼女は、見た感じは、東洋人と白人の混血のようだ。日本の大学に十年間勤めていたことがあるという。日本語もある程度できるらしい。ガイドに選ばれたのは、そのためかもしれない。

「貴女(あなた)の紹介をするためにラマがいらっしゃったのですか?」僕は尋ねた。

「そうではありません」そこで、ツェリンは、ウグイやアネバネを見た。二人が信頼できる人間なのか、と暗に尋ねた様子だった。

二人が、僕と同じく日本の公務員だと僕は説明した。

「こちらで話す内容が外部に漏れる心配はありません」ウグイがつけ加えた。

「私がどんな調査をしているかご存じですね？」ツェリンが英語できいた。

「ええ、たった今聞きました」僕は答える。

「それを話すために、ラマがいらっしゃったのです。ほかの者には、それを口にすることができません。それほど、この国では私たちの仕事はシークレットなのです」

「五年も調査をされていると」

「はい。しかし……」彼女は首を左右に往復させた。「思いつく可能性がつぎつぎに否定されるだけです。彼らの細胞、遺伝子などを調べていますが、我々と何一つ違いはありません。我々が感染している病原体に、彼らはまだ侵されていない、という仮説が大前提なので、残念ながら、生身で彼らと接触することはできません。物資の搬入、搬出にも気を遣っています。幸い、今のところは感染は起こっていないようです」

「子供がまだ生まれていないのですね？」

「そうです。特徴的なことの一つは、彼らは、人工細胞を一切受け入れていない……、それを推奨しない宗教のためです」

「では、長生きも難しくなりますね」

「人口はどんどん減少していきます。六十年まえは三千人以上いましたが、今は千人ほどになりました」

「その区域から、外へ出る人がいるのですね？」

「ええ、もちろんいます。その逆は、禁じられていますが」

「手掛かりも、見つかっていないのですか？」

「はい、そのとおりです」ツェリンは、短く苦笑しようとした。彼女は、ときどき英語が混ざった。アジアのものではなく、欧米の発音に近い。専門的な話になるほど英語の方がわかりやすいものだ。「直接接することはできませんから、機械を介しての検査になりますが、我々の細胞に存在して、彼らの細胞にないものは、まだ見つけられません」


僕はそれを聞いて、言いたいことがあったが、口から出すのを思い留まった。ウグイやアネバネがいるし、このホテルの部屋のセキュリティも確かではないからだ。

それは、アリチという著名な生物学者から聞いた情報だった。ツェリンが話したように、世界中の人間が子供を作れなくなったのは、ウィルスなどの原因によるものではなく、まったくその逆なのだ。つまり、古来の人類がなんらかの問題を抱えていたからこそ、子供を作ることができた。あれは生物として異常な状態だった。現代の人類は、人工的にピュアな細胞を実現し、その障害から解放された。結果として、子孫を作れないという新たな問題が顕在化した。すなわち、そのナクチュの特区に残っている種族は、ウィルスに侵されていないのではなく、ウィルスにまだ侵されているままなのだ。そこに不足するものを探しているから見つからないのである。

ただし、その原因を解明し、ウィルスを特定したとしても、それが即座に問題の解決には至らない。そんな簡単なものではない。

現代人の多くは、別の生き延び方を選択し、既にそれで生態を保っている。つぎつぎに新しい細胞を取り入れ、あるいは精密なメカニズムを体内に受け入れる方法で、過去にはありえなかった長寿をほぼ完全に実現したといえる。子供が生まれないかわりに、死ぬ者は限界まで少なくなっているのだ。

そして、まさにその技術に不可欠な人工細胞が、あらゆる疾患を排除したように、生殖をも排除してしまった。生殖は、人類にとって一種の疾患だったと言っても良い。

死ぬことがなければ、生まれなくても良いのか。

あるいは、生まれないから、死ねないのか。

どちらがさきでどちらがあとかを議論してもしかたがない。今は、不死と生殖の両者の実現に、我々の科学力が及ぶかどうか、という問題になっている。

僕自身は、なんとなく楽観している。原因が突き止められれば、科学は大方のものを解決してきた。そして、時間をかければ、原因を知ることは難しくはない。おそらく、細胞をゼロから生成することに比べれば、ずっと簡単な作業だろう。なにしろこれは、採算が取れるかどうかの問題ではない。人類存続のためならば、資金も頭脳も、そして幸いにして時間も、いくらでもつぎ込めるのだ。

ツェリンは、一度部屋を出ていった。荷物を持って、夕方に戻ってくると言った。その後は、僕とウグイはずっと部屋にいた。僕は、シンポジウムに出席する研究者たちの論文を集めて読んだ。ウグイは、何をしているのかわからないが、方々と連絡を取っている様子だった。アネバネは、部屋から出ていくときに、周辺を散歩してきます、と言った。パトロールかもしれない。その言葉どおりではないだろう。

ホテルの前であった騒動については、詳しい情報はまだなかった。あの老婆が何者だったのか、何をしようとしていたのか、黒い機械みたいなものは何だったのか。きっと、今は警察が調べているのだろう。アネバネは、それを確かめにいったのではないか、と僕は考えていたが、夕方に戻ってきた彼は、何一つ報告をしなかったし、僕も尋ねることは諦めた。

5

ツェリンが夕刻に戻ってきて、ウグイ、アネバネも加えた四人で、ホテルのレストランへ行くことになった。レストランもまた地上ではなく、地階にあるようだ。一番端の二つのテーブルに着いた。ツェリンと僕、少しだけ離れたテーブルにウグイとアネバネである。窓ガラスの外には街の夜景が望めるが、もちろん本物ではない。

「あのお二人は、先生のお友達ですか？　お弟子さんですか？　それとも秘書？」

「弟子ではありません。秘書の方が近いかな、あの彼女の方は」

「安心できる人たちですか？」小声でツェリンが尋ねた。日本語だ。少し意味が違うように思った。安心ではなく信頼の意味だろう。

「誰を基準にしてですか？」

「そうね……。私が一番安心できない人物ですよね」

「そうでもありません。アネバネは、まだ会ってから十時間程度です」

「安全性は、時間ではありませんよ」

「そうですね」僕は頷いた。「私はだいたい、誰でも信用してしまう方です」

ツェリンは、自分の略歴を話してくれた。研究者としてのキャリアは、三十年まえから十年まえまでのカナダと日本での大学勤務が代表的なもので、チベットに戻ってきて国の機関に所属し約十年になるそうだ。それだけでも三十年だから、既に五十歳以上であることはまちがいない。しかし、年齢をきくことは躊躇(ためら)われた。

こちらも自己紹介をしようと思ったが、彼女は既にそれを知っているようだった。彼女は、大学生のときに僕の論文を最初に読んだ、と話した。その論文は、僕が研究者としてごく初期の頃に書いたものだったから、だいたい同じ年代なのではないかとも推定された。もっとも、大学はどんな歳(とし)でも在籍することができる。今の推測は、幾分希望的な観測と、寛容的な誤差が混じっている。

ウェイタがテーブルに料理を並べにきた。その彼が隣のテーブルへ行ったときに僕は小声でツェリンに囁いた。

「どこかで、二人だけで話がしたいですね、ゆっくりと」

彼女は、下を向いてスプーンを取ろうとしていたが、目だけをこちらへ向けて、笑った口になる。

「もしかして、口説いていらっしゃるのかしら？」ほとんど発声のない言葉だった。彼女は、ウグイたちを背にしている。僕はウグイを見ていたが、ウェイタとなにかやりとりをしているようだった。

ツェリンの言葉に、僕は口許を少しだけ緩めた。面白かった。口説くという動詞を久し振りに聞いた気がした。残念ながら、時代が時代だし、僕が僕だし、かなり突拍子もない言い回しだと思えた。けれども、考えてみたら、プロポーズ、つまり、提案するという意味で使ったのかもしれない。プロポーズも口説くも、日本人は限定的に使用している歴史があるが、この頃はそうでもないといえる。僕はあまり世間の常識を知らないので、余計なことに気を回してしまったのか。

「ナクチュの特区には、何がありますか？　そこでは何を生産しているのですか？　物品の流通があるのでは？」僕はツェリンに尋ねた。

「多くはありません。どちらかというと、外から中へ入るものの方が多いでしょう。ただ、あそこではエネルギィを生産しています」

「発電所があるのですか？」

「ええ、コバルト・ジェネレータが」

「なるほど、エネルギィならば、いくら放出しても、ウィルスをまき散らすことはありませんね」

「昔からそうでした。それもあって、少数民族が孤立したままでも存続できたのです。ジェネレータが設置された当時は、まだその種のものに対して拒絶する人々が多数派で、受け入れるのは珍しいことでした」

「その電力資源があったから、この近くに工場が集まってきたわけですか？」

「そうです。もう一つの資源は、淡水です。世界一のウォーカロン工場が作られ、その関連のあらゆる分野の産業が集まってきました。でも、ナクチュからは百キロ以上離れていますが」

「ウォーカロンについては、どうなんでしょう？」僕は尋ねた。

「どうとは？」

「ツェリンさんは、ご興味をお持ちですか？」

「もちろんです。でなければ、今、私はここにおりません」

「いえ、その……、ウォーカロンの何に興味を？」

「私は、もともとは医療関係が専門です。ですから、対象は人間でした。人間の肉体における部分置換技術、その手法の開発がずっとメインテーマでした」

「外科手術とか？」

「あ、いえ、細胞移植による内包性置換（ないほうせいちかん）の方です。でも、日本にいたときは、外科的脳細胞置換に取り組みました。あの頃、それが最先端技術でした。ハギリ先生の研究成果の恩恵を受けることができたのも、その頃です」

「私は、知識としては知っていますが、人間とウォーカロンの頭の中を実際に見たことは一度もありません」

「え、そうなんですか？」

「本当です。見たいとは思いますけれど、どうかな……、見てもわからないでしょう」

「私は、何度もその仕事をしました。こちらへ戻ってからも、警察から依頼されて、検死を行うことがあります」

「それは、人間とウォーカロンを区別することが目的で？」

「表向きは、死因の特定ですが、事実上は、ええ、先生のおっしゃるとおりです」ツェリンはそこで眉（まゆ）を寄せた。「事故や事件でないものも、たまに回ってきます。疑いがある場合には、検査をすることができるのです」

「誰が何のために疑うのですか？」

「それは、私にはわかりません。でも、確かめておきたいと思うのは、人間としてのアイデンティティではないでしょうか」

「アイデンティティ？」

「ある人が人間であれば、その子孫も人間だということになります」

「それは、短絡的ですね」

「ええ。でも、可能性が高いと、社会では見なされます。この国は、まだその差別が存在します。人間でないものは、物に近いと認識されています」

「しかし、社会に沢山いて、仕事をしてくれて、助かっているのでは？」

「機械と同じです。奴隷といっても良いでしょう」

「そうですか……、残念なことですね。ウォーカロンの生産拠点があるのに、普及に理解が得られていないというのは、どうしてなんでしょう？」

「内部や詳細が一般公開されていない。でも、目の前に巨大な施設がある。そんな環境では、どうしても、歪んだ想像をしてしまうのもしかたがないことかもしれません。たとえば、そう、この国では、メカニカルな躰を持った旧型のウォーカロンがまだかなりの量稼働しています。ロボットも沢山働いています」

「メカニカルな躰を持った」あるいは「メカニカル」だけでも、ロボットのことを示す言葉だが、一昔まえには、人間でもそういった躰を使った時代があったため紛(まぎ)らわしい。今では、ウォーカロンでさえ、機械ではない。したがって、「メカニカル」を旧世代のウォーカロンに対して使うのは、世界標準とはいえない。一般には、「生きていないウォーカロン」と呼ばれる。もともとは、ウォーカロンはすべてそのタイプだった。人工細胞の肉体組織に大半が入れ替わった「生きたウォーカロン」と区別した呼称だ。今では「生きたウォーカロン」が主流になり、日本などでは、既にこのタイプしか見られない。

「ウォーカロンのメーカで働いているのも、メカニカル・ウォーカロンだと聞いています」

「それは見てみたいですね。見学できないのですか？」

「はい。一般人は入れないのです」

「ナクチュは、見ることは自由です。ロボットを入れて、その映像を見て操作をすれば、見学はできます」

「それは、未知のウィルスの感染を怖(おそ)れての措置ですね？」

「はい」

「その心配はない、という理由を、私は説明できるのですが……」

「え？　どういうことですか？」

「ただ、その説明を信じていただけるかどうか。そちらの方が問題です」

「ハギリ先生のおっしゃることなら、私は信じます」

まるで口説いているようだ、と思ったが、そんな冗談も言えない。責任を感じてしまう。僕がどれほどいい加減か、彼女は知らないようだ。

ウェイタが次の料理を運んできたため、そこで会話は途切れた。ウグイがこちらを気にしているようだ。僕の言ったことが聞こえたのだろうか。アネバネは、僕からは顔が見えない。レストランの入口の方を向いていたからだ。

6

レストランを出たあと、僕とツェリンは、同じフロアにあったラウンジに入った。軽くアルコールを飲むことにしたのだ。これは、僕としては比較的珍しい。ウグイとアネバネは、さきに帰るように指示したのだが、店の外で待っていると言った。店の外といっても、店はオープンな造りで、壁で囲われているわけではない。周囲に通路があって、ラウンジが一段低くなっているだけだった。人工の植物があったり、照明で底から照らされた溝を水が流れていたり、厨房の付近だけ低いレトロな雰囲気の柵に囲われているだけだった。したがって、カウンタに座って振り返っただけで、ウグイの姿がよく見えた。距離は十メートルほどだろう。アネバネは、見回した範囲にはいない。でも、近くにいることはまちがいない。

「ここなら、盗聴されていませんか?」僕はツェリンに小声で囁いた。

「保証はできません。そんなのは、世界中のどこへ行っても同じなのでは?」

そこで、グラスをお互いに軽く持ち上げ、液体に唇をつける。甘い香りがする。僕が飲もうとしているのは、ウォッカのソーダ割りだが、名称はすぐ忘れてしまった。聞いたこともない名前だった。ロシアの皇帝みたいな。

「口説き台詞を、お聞きしたいのですけれど」ツェリンは言った。まったく笑っていない。真剣な表情で、真っ直ぐに僕を見据えていた。

「さきほど言ったことで、もうお気づきかもしれませんが……。つまり、子供が生まれないのは、なにか新しい異物によるものではありません。そうではなくて、なにか古くからあった異物が足りないからなのです」

「え? まさか……」ツェリンは、そこで口を開け、しばらくそのまま動かなかった。やがて、視線を逸らせ、必死に頭を回転させているように、目を細めたあと、再び僕を見据えて囁いた。「プラスではなく、マイナスなのですね? それでは、これまで人類が、いえ……、地球上の動物たちが繁栄した歴史は、その異物? ウィルスですか? その寄生物のためだったと?」

「そのとおりです」

「本当ですか?」

「たぶん」

「ああ……」ツェリンは溜息をついた。「そんな……、まさか、そんなことが……」彼女は片手で口を押さえた。目は潤み、涙を流しそうに見えた。衝撃的な知見に接したときの感動だろうか。研究者ならば、この衝撃を受ける。

「私は、それを聞いただけです。自分で確かめたわけではありません。でも、それを聞いて、ああ、なるほど、と思いました」

「私もそう思いました」彼女は言った。「凄い……。凄いですね……。そうだったんですね」

「この情報は、慎重に取り扱って下さい」

「あ、ええ……、もちろんです。でも……、その、これを広めて、世界中の研究者が取り組めば、問題は比較的早期に解決できるのでは?」

「一気に解決というわけにはいかないようです。難しい問題が沢山ある。少なくとも、かなり以前から一部の研究者はその発想を持っていて、それをベースに取り組んでいたのです。ある程度は、そのウィルスが特定されているようです。それでも、解決の道は未だ見つかっていない。ようするに、現在の大半の人類が持っているピュアな細胞において、かつては普通に潜むことができた救世主が生きていく方法は、簡単ではないし、単純でもないのです。いろいろな要因が複雑に絡んでいる、ということです」

「なるほど」ツェリンは大きく頷き、深呼吸をするように息を吐いた。

僕はラウンジの外へ視線を向けた。ウグイが立っているのが見える。ほとんど場所を変えない。アネバネが彼女の近くに立ち、なにか話しているようだった。話している間も、ウグイはこちらへ視線を向けている。

グラスの液体が半分ほどになった。ツェリンのグラスは細かい泡がもう少なくなっている。このままアルコールを飲んだのは、いつだったかと思い出し、あの白い美女のことをすぐに思い浮かべた。自分をウォーカロンだと言った女性だ。しかし、僕の判定はその反対。彼女は人間だ。なにもかもすべてを知っているような物言いだった。その話をツェリンにしようか、と考えた。科学史に登場する誰もが知っているビッグネームもつけ加えようか、と迷った。しかし、幸い彼女が別の話題を持ち出した。

「ハギリ先生は、電子頭脳がいつから意識を持ったとお考えでしょうか?」

それは、まるでシンポジウムなどのあと、マスコミの記者がききそうな質問だった。

「私がいつからと考えていても、誰にも影響を与えないことは確かです」その返答はいつもストックしているものだ。「で、貴女は?」

「私は、今も意識など持っていないと考えています」ツェリンは即答した。おそらく、それが言いたかったので、質問を振ったのだろう。

「では、今の、生きたウォーカロンたちも、意識を持っていないと考えているのですか？」

「そこは、微妙なところです。つまり、まったくの無機回路による電子のやり取りと、生態におけるそれとは異なります。雑音というのか、揺らぎが混在します」

「その揺らぎが意識だとおっしゃるのですか？」

「その可能性を……、はい、疑っております」

「その意見は、ほかでも聞いたことがあります。私の専門も近い。私のシステムが、人間と人間以外を識別するときには、その揺らぎが重要な要素になるからです」

「ええ、ですから、先生と是非その議論をしたいと考えておりました」

「私は、貴女の意見とは違います。思考回路のハードが何であれ、信号の種類がたとえ違っていても、意識は生まれると思っています。それが単なる錯覚であれ、自己観測ができる知能とデータ量を持てば、それを意識と呼べるでしょう。ですから、いつから生まれるという閾値（しきいち）はありませんね。意識は、低級な機械にさえあるということです」

「ただ、それを出力する方法がない、というだけですか？」

「そうです。観測ができなければ、存在しないともいえますが」

「出力することで、自己観測が築かれるのではありませんか？　たとえば、肉体がない頭脳には意識は生まれにくいと思いますが」

「いえ、そんなことはありません。活動している他の肉体を観察できます。また、出力は必ずしも外部に影響を与える行為だけに限定されません。別の言い方をすれば、内部に外部を仮想的に構築することもできるはずです。それは、やはり計算能力と記憶容量の余裕がもたらすものです」

「私が不思議に思うのは、どうしてこのような議論を科学者たちが避けているか、ということなのですが……」

「かつては、人間の頭脳には、人間の頭脳の仕組みを解き明かすことができない、と言われていましたね」

「ええ、でも、私の意見の根拠はそれではありません」

「貴女は、どうしてそれを考えたいと思うのでしょうか？　あ、変な質問になってすみません。誤解のないように。けっして、考えるのがいけないと言っているのではありませんよ」

「お気遣いありがとうございます」彼女は微笑んだ。「さきほど、検死解剖をしたとお話ししましたが、以前とは違い、今のウォーカロンは、ただ開いて中をぼんやり眺めても、見分けがつきません。ただ、試料を化学分析し、余剰成分が少ないという統計的なデータとして識別されているだけです。おそらく、彼らは、私たちと同じように意識を持ち、人間として生きているのだと思います」

「そう観察されますね。観察されることを、意識と名づけても良いのではありませんか？」

「まちがいなく、彼らは生きているわけですし、考えて、感じているわけです。意識の有無とは無関係に。それでは、何故区別をしなければならないのでしょう?」ツェリンは眉を寄せてきいた。

「私は、個人的には、区別をする必要はない、と考えています」僕は答える。

「え? では、どうして識別システムの研究をされているのですか?」

「逆です。この研究をしてきたから、区別をすることに意味はないと考えるようになりました」

「でも、研究は続けられているわけですよね?」

「そのジレンマはあります。ただ、私一人が考えることが社会的認識ではありません。区別が必要だという人が大勢います。場合によっては、その区別が人の命に関る場合もあるでしょう。一概に、区別は差別を生むだけだと切り捨てるわけにもいきません。それに、正直なところ、自分も確固とした信念を持っているわけではない。そうですね、気持ちというか、意見がまた変わるかもしれません。今は、仕事と割り切って、研究を続けています」

「先生は、人間とウォーカロンを見分けられますか?」

「ええ、できます」

「脳波を測定しなくても?」

「相手を見て、会話をすれば、だいたいわかります」

「明らかに違うものですか？」

「集合的にというか、平均値的には、明らかに違います。個体差があるので、ときには不鮮明な個体にも出会います」

「明らかに違っているものを、何故、区別しなくても良いと考えるのですか？」

「たとえば、新しい人種だと考えれば良いのではないでしょうか。明らかに違いはある。でも、お互いに認め合う必要があります」

「ああ、そういうふうに考えるのですね。でも、それは常識では……、少なくとも、この国の常識ではありません。大勢の人が、ウォーカロンは非人間だと認識しています」

「日本でも、そうですよ」

「多くの人たちは、単なるロボットだと思っているのです」

「今が、人類にとって、新しい時代への過渡期なのではないでしょうか」

「もう一つ、私が怖れているのは、肉体的に人間の能力を超えたウォーカロンが作られ始めていることです。この国では、ウォーカロンの人権は問題になりにくいので、その方向への歯止めがかかりにくいのです。既に、そちらへ流れ始めているように感じますが……」

「そうなんですか。でも、それは人間だって、肉体を機械化することは可能だし、個人の自由だと思いますけれど」

「人間の場合、そんなことをする人は多くはありません。周りから良く思われないからです。そういった社会の抑制が利くはずです」

「それは単に、人間には歴史がある、というだけの差です」

「そうかもしれません。ウォーカロンにはその歴史というか文化がない。そもそも、生産されるときから、そういった装備を持つことを前提として生まれてくれば、自己選択の機会もありません」

「世界規定で禁止されている事項だと思いますけれど」

「兵器としての規定ですね」

「ええ、最初はそうでしたが、今は、兵器と考える人は少ないと思います」

「そうした超越能力を持った場合の意識が、私には関心があります。そのような躰で生まれた場合、人間としての意識は育つのでしょうか？」

「しかし、貴女は、ウォーカロンに意識はない、とおっしゃった」

「そうです。意識よりも、もっと低いレベルの、知識に近いものです」

「自身に対する知識？」

「そうです。そういったものを、信号として鮮明に取り出して、解読できたら、素晴らしいですね」

「信号は鮮明に取り出せていますね。解読も、もうすぐ可能になるのでは？」

7

僅か一時間の時差でも、一日が長く感じられた。この日は部屋に戻り、それぞれの寝室で眠った。僕は欠伸をしながらシャワーを浴びた。欠伸が出たのは、アルコールの効果にちがいない。頭はもっと考えたがっていたからだ。

朝になって、アネバネからメッセージが届いた。昨日、ホテルの前に現れた老婆についての調査結果の報告だった。この国の警察が調べた結果がようやく届いたということのようだ。老婆はウォーカロンで、持っていたものは磁力誘導装置だった。かなり旧式の機械で、何をするつもりだったのか不明だというが、それを用いて何かを呼び寄せようとした可能性がある、というのが当局の見解だそうだ。

リビングへ出ていくと、ツェリンとアネバネがいた。アネバネと続きの話ができた。

「あんな大きなものをわざわざ運んできたのに……」僕は言った。「爆発物ではなかったわけだね。生け捕り装置でもなかったということ?」

「警察にその知識がないのかもしれません」

「ああ、そうか。日本の警察じゃないんだ……」

「爆発物だとしても、あの大きさは必要としません。まして、誘導装置は見当違いも甚だしいかと」アネバネは無表情で言い、頭を下げて数歩後ろへ下がった。

「見たこともない旧式の武器が、ときどき宗教的な儀式で用いられています」窓際に立っていたツェリンが振り返って言った。もちろん、窓といっても液晶のモニタだが。

「宗教？」僕は首を傾げた。「ちょっと想像できませんね」

「ミサイルを奉っている村もあります。この国は、まだそんなレベルなのです」ツェリンはソファに腰を下ろした。「非科学的ですが、どことなく力を感じるからではないでしょうか」

「パワーを？　うーん、そうかな」

「たとえば、昨日お話ししたナクチュのコバルト・ジェネレータもそうです。彼らは発電施設を神殿のように扱っているのです」

「まあ、それはある意味、正しい認識かもしれません」僕は頷いた。

ウグイはキッチンでなにかしている。朝食の準備らしい。

シンプルな朝食を部屋でとり、すぐに出発になった。僕たちが乗り込む車は、十人乗りくらいの小型のバスだった。ただ、窓はなく、屋根の上に機銃台がある。こんな車は見たことがない。その他にも、四台の護衛車がつくことになった。これらは警察の車だとツェリンが説明してくれた。見ただけで普通ではない。一番大きな一台には対空砲も装備されている。まるで戦場に行くみたいだ。とても愉快とはいえない。

ただ、ひとたび車内に乗り込むと、ゆったりとしたソファや絨毯（じゅうたん）、天井の照明など、ゴージャスな空間で、周囲も上方も、液晶窓でパノラマ的に外部を眺められる。特に、目障りな護衛車は映さないという気の利き様だった。日本の観光バスよりも贅沢（ぜいたく）かもしれない。アネバネは前のドアから運転席へ移った。広いキャビンには、僕とツェリンとウグイの三人だけになった。

「貴女もこちらにお座りになって下さい」とツェリンが誘ったので、ウグイは礼を言ってから、ソファに腰掛けた。ただ、彼女は片手を顳顬（こめかみ）に触れていて、なにか情報のやりとりをしている様子だった。ウグイは、ゴーグルをしていないが、それに相当する人工眼球を持っているのだ。おそらく、アネバネのあの片方のアイグラスと同じ機能だろう。情報局員のスタンダード・アイテムなのかもしれない。

出発して間もなくハイウェイに出て、その後も順調に走った。郊外に出ると、あっという間に建築物はなくなり、近くには平坦な草原、また低いところには川や湖、その背後にはいつも山々が連なる風景が展開した。ただ、観光用のフィルムを見せられている可能性もあるので油断はできない。

ツェリンは、テーブルのモニタに用意した資料を表示させて、シンポジウムの参加者と発表論文の概要、それに関連したこの国の技術などを概説してくれた。さらに、彼女自身の関連研究についても簡単に紹介があった。シンポジウムでの話題は、事前に知らされていたので、ある程度は勉強してきている。しかし、半分も理解できなかった。なにしろ、専門がまったく違う。僕は発表するために来たのではない。単に、様子を見てこいと情報局に言われての出張である。ちなみに、シンポジウムに参加している日本人が二人いて、いずれも大学の職員だった。この人たちとは面識がない。

「あの辺りが、ナクチュになります」一時間ほど走った頃、右手の風景を手で示して、ツェリンが言った。

後ろに山脈が控えていて、緩やかに草原が広がっている。個々の建物が見えるような距離ではないが、僅かに白い人工物らしきものが認められる。メガネの倍率を上げようとしたが、見ているのはモニタの画像だと思い出した。こういった場合は、単なる穴としての窓の方が機能が高い。

「その特区は、なにか、城壁にでも囲まれているのですか?」僕は尋ねた。

「はい、そうです。周囲は緑は少なく、ほとんどが砂漠です。アクセスする道は一本しかありません。鉄道もないし、空港もありません」

「普通の人は行けなくても、誰でも入ろうと思えば入れませんか?」

「ゲートには、警察がいます。察知されて、掴まりますね」

「周囲も警備をしているんですか?」

「それなりには……。さほど、厳重というわけでもありませんが」

「警察っていうのは、人間ではない、ということですね？」

「はい。ロボットです」

「その警察は、ナクチュの管轄？　それとも……」

「国の管轄です。警察だけではなく、少ないですが、軍隊も混ざっています。最近、ここの特別さが知れ渡ってきたようなので、多少は厳重になりました」

直線距離で十キロほどのところから眺めただけで、ナクチュはまた遠ざかった。周辺の景色は、緑が乏しくなり、土と岩が多くなっている。おそらく標高が増しているためだろう。

現地時間で正午過ぎに、シンポジウムが開催される会場に到着した。シンポジウムは明日から三日間の日程で行われる。会場となる建築物は、非常にモダンなデザインで、国立病院の施設の一部だそうだ。切り立った岩の手前に建っていて、二十階ほどの円筒形のビルなのだが、手前の半分はガラス張りになっていて、内部の空間が覗き見える。宿泊施設も、この建物に含まれていて、高層階がホテル、低層階が講堂や会議室になっているらしい。ちなみに、病院は地下にあって、今も稼働しているという。

「こんな場所で、病院の経営が成り立つのですか？」と僕が尋ねると、

「いえ、ほとんどは研究施設です。患者もいますが、国中の病院からこちらへ移ってくるのです。外来の一般診療は行っていません」とツェリンが答えた。

駐車場には、大きなバスが数台並んでいた。シンポジウムの参加者が集まりつつあるの

だろう。しかし、それよりも目立っていたのは、軍隊のものと思われる車両、それからヘルメットを被り武器を持った兵士たちだった。物々しい雰囲気が一目でわかった。その中へ、僕たちの車両が入って行き、整理をする兵士の指示に従って、奥へ進んだ。

「この厳重さは？　まさか、我々が来るからこうなったわけではありませんよね？」とツェリンに尋ねた。

「特別ではありません。この種のイベントは、やはりテロの標的になりやすいので、充分な警戒が必要なのです」

「テロですか……。今でも、まだあるのですね」

「そうですね、日本とは、治安がずいぶん違います。特に、最近は僅かですが、増えているのです」

「この種の、と言われたのは、国際的な、という意味ですか？」

「いえ、そうではなく、やはり、ウォーカロン関連のものです」

「あぁ、そうなんですか……。どういった理由でテロの標的になるのでしょうか？」

「私は、詳しくは知りません。でも、やはり、ウォーカロンを排除しようとする右寄りの勢力があって、また、そういった混乱につけ込んで、政府を倒そうとする左寄りの団体も絡んできます」

「まあ、私だけの問題じゃないことがわかって、少し安心しました」僕は不思議と、素直に微笑むことができた。昨日の一件があるので、心配をしていたのだ。

8

とにかく、無事に辿り着くことができた。危険な状況はなかった。大勢と一緒になるし、外であれだけの兵力が守ってくれているのだから、今までよりは安全だろう、と感じた。

僕は、地下にある個室に案内された。隣の部屋がツェリンだ。ウグイとアネバネはどこの部屋なのか聞かなかったが、同じフロアではない。

ホテルの一般客は、地上のフロアらしい。地下のほとんどは病院の施設だが、一部にVIP用の客室が設置されている。これはセキュリティのためだ、とツェリンが教えてくれた。つまり、ホテルの案内図などにも公開されていないという意味だろう。特別に気を遣ってくれたわけである。

ウグイは、自分かアネバネのどちらか一人が僕の部屋のすぐ前の通路でガードをすると言った。だから、僕は、「ノックをして、中に入ってくれれば良い」と言っておいた。二人は無言で頷いたが、きっと入ってはこないだろう。彼らには彼らなりのやり方があって、きっとマニュアルに規定されているのだ。

ベッドの上でトランクを開けて、まずはラフな服装に着替えた。それから、バスルームで顔を洗った。ずっと車内だったから、汚れたわけではないが、周りの乾燥した風景から、なんとなく砂っぽい感じがしたからだ。今日は、夕方からレセプションがある。それまではフリーだ。

ソファで寛ぎ、ニュースを見ていたら、メールが届いた。リョウ・イウンからだ。台湾の生物学者である。もう会場入りしたか、という問合せだったので、今到着したところです、と答えておいた。すると、またメールが来て、すぐに会えないかという。そこで、ホテルのロビィで待ち合わせることにした。

部屋から出ると、ウグイが通路の壁にもたれて立っていた。

「どちらへ行かれるのですか?」壁から離れ、彼女はきいた。

「リョウ博士に会いにいく。ロビィへ下りる。あ、違った、上がるんだっけ……」部屋の疑似窓のせいでつい錯覚してしまった。

エレベータホールの方へ歩き始めると、当然のことのようにウグイがついてきた。なにかぼそぼそと囁いているのは、連絡を取っているのだろう。僕の行動に対して不満を持ってぼやいているのではないはずだ。

エレベータに乗った。二人だけだ。このエレベータも液晶で風景を見せるタイプで、上昇しているのに降下しているように錯覚させる仕掛けだった。

「リョウ博士には、私のことは話さないようにお願いします」ウグイが言った。

「え、話さない？　ああ……、そうか、そうだね」理解するのに二秒ほどかかってしまった。

以前にリョウとウグイは、ある事件で大怪我をした。リョウの方は比較的軽傷だったけれど、ウグイは重傷を負った。おそらく、リョウは彼女が死んだと認識しているだろう。今のウグイの容姿は、当時とは全然違っている。同じ人物だとはわからないはずだ。

「じゃあ、私の秘書ということで……。何ていう名前にする？」

「どんな名前でもけっこうです」

「シキブ君にする。良いね？」

「シキブ、ですか。どういう字でしょうか？」

「方程式のシキに、部分のブ」

「わかりました」

「ファーストネームは、ムラサキ」

「了解です」ウグイはにこりともしない。面白くなかったようだ。

「ところで、アネバネ君のファーストネームは？」

「知りません」ウグイは首をふった。機嫌でも悪いのだろうか。

「じゃあ、ツェリン・パサンと聞きましたが」

「ツェリンさんのファーストネームは？」

「誰から？」

「ラマからです。先生もお聞きになっていました」

「あそう……。人間ってね、そういうのをきっちり覚えられないんだよ」

「そうですか」ウグイは頷いた。

「いや、今のは失言だった。撤回する。申し訳ない」

エレベータのドアが開いて、二人は外へ出た。僅かに、ウグイが先になり、辺りを見回した。不審な人物を一瞬で見分けるアプリでも持っているのだろうか。OKが出たようなので、彼女について歩き始める。

「パサンが、ファーストネーム？」僕は尋ねた。「パサンさんか。呼びにくいなぁ」

「ここでは、ファミリィネームはありません。ファーストネームとセカンドネームです」

ああ、そうなのか、と頷く。フロントの近く、観葉植物の横のシートに、リョウの姿があった。こちらを見て笑顔で立ち上がった。

「ありがとうございます」握手をしながらリョウは日本語で言う。横にいるウグイの方へ視線を移した。「こちらは？」

「秘書のシキブです」ウグイが英語で言い、お辞儀をした。

「怪我は、もう完治しましたか？」僕はリョウに英語で尋ねた。

「おかげさまで」リョウはまだ日本語だ。

「治療費を国に請求できましたか？」

「はい、OKでした」

近くに空いたソファセットがあったので、そこまで歩いた。向かい合って腰掛ける。ウグイも珍しく僕の横に座った。秘書の振りをしているからだろう。

「あのときは、災難でしたね」リョウは言った。もう英語になっていた。

「災難だったのは、リョウ先生です」

「犯行の目的とか、なにも報道されていませんね。その後、なにかわかったことはありませんか？」

「なにも」僕は首をふった。隠していることはない。「実行犯は、すべてウォーカロンでした。それもかなり旧式の。単純なプログラムで動いていただけです。主犯がどこの誰なのかはわかっていません」

「そうなると、また狙われるようなことがあるかもしれませんね。今回のシンポジウムも、あのときの研究者の何人かが参加しています。大丈夫でしょうか」

「警備は厳重に見えました」

「それで……、あの……」リョウは、少し身を乗り出しつつ、ウグイの方をちらりと見た。

「えっと、シキブ君」僕は彼女を見た。

「何でしょうか？」ウグイが首を傾げた。微笑んでいる。素晴らしい演技だ。

「あれを買ってきてくれ」

「何ですか、あれとは」ウグイがさらに首を傾げる。わざとらしい角度だった。そこで、じっと彼女を睨むと、ようやく伝わったらしく、「ああ、あれですか」と言いながら立ち上がった。

ウグイは、フロントの方向へ歩いていった。リョウは人払いをしてほしかったのだ。機密度の高い情報を話そうとしているのだろう。

「何ですか、あれって」リョウが尋ねた。

「ああ、えっと、ガムです」

「ああ、ガムですか……」リョウは奇妙な笑い顔を一瞬見せた。「このまえ先生からお聞きした新情報は、既に数人の信頼できる仲間の研究者に話しました。それで、急遽、その仮説に基づく実験を始めています。もう少ししたら、結果の一部をご報告できると思います」

「私に報告しなくても、普通に公開するのがよろしいと思います」

「そうでしょうか。あんな事件があったのですから、軽はずみにはできない気がします。命を狙われるようなことになっても困りますし。えっと、そうだ、話は違いますが……」リョウは辺りを窺ったあと、声を落とした。「この近くに、まだ子供が生まれている種族がいることをご存じですか？」

「はい、聞きました」ナクチュのことを言っているようだ。

「そうですか。では、そこで生まれた子供たちが売られていることはご存じですか？」

「売られている？　人身売買ですか？」

「そうです。内部告発があって、公になりました。しかし、情報はすぐに消去されたので、広くは伝わっていません。一部の機関だけが知るところとなりました」

「子供は、どこでも欲しいでしょう。高く売れるということですね」

「考えられないような高値だそうです。買っているのは、誰だと思いますか？」

「どこかの金持ちでしょう？」

「ここが、重要なんです」リョウはさらに身を乗り出し、僕に顔を近づける。こちらも、身を乗り出してしまった。「誰だという具体名はわかりませんが、買っているのは、ウォーカロンのメーカです。もちろん、いろいろなルートがあって、表向きには、数人の個人を経由していますが、行き着くところは、同じだというのです」

リョウは身を引き、ソファの背にもたれる。そして、両手の平を上に向けて肩を竦めた。

しばらく、いろいろな考えが頭の中を巡った。

「その情報は確かですか？」

「わかりません。確かだとは思いますが、保証するデータはありません。でも、可能性は極めて高い。高値を出す価値もある。そして、導かれる結論は一つです」

「子供を産むことができるウォーカロンを作ろうとしているのですね？」

僕の言葉に、リョウは無言で頷いた。微笑んでいた顔は、緊張して僅かに引きつったようだったが、さらに話を続けた。

「その結論に至るには、先生から聞いた新仮説を知っていなければなりません。それを知らなければ、単に子供をもっと高値で誰かに売るつもりだ、と考えます。今の推論ではできません。つまり、生まれない理由を我々多数派の中で見つけようとしている発想では、あそこの子供は、ただ子供としての価値しかない。しかし、実はその逆で、残された貴重ななにかが、その細胞内に存在するとわかれば、それを基に培養ができるわけですから、いくら出しても手に入れたくなるはずです」

「子供の細胞である必要はありませんけれどね」

「大人は、拉致しないかぎり無理です。登録され、管理されています。売られることもないでしょう。勝手に攫ってきたら、目立ってしまう。問題になる。しかし、子供ならば、登録をしなければ発覚しない」

「子供というよりも、乳児ですね」

「そういうことです。まだ本人の自我も芽生えていない。残念ですが、いちばんやりやすいということです」

「そういうことですか……」僕は溜息をついた。

頭に思い浮かんでいたのは、ツェリンがこれを知っているか、ということだった。おそらく、知っていただろう。そして、僕が話した情報によって、リョウが行き着いたのと同じ結論に達するだろう。それは、ほぼ確かめる必要もない必然に思われた。

「お話したかったのは、それだけです」リョウは立ち上がろうとして、両手を膝に置いた。「直接会わないかぎり、恐ろしくて、こんな話はできません」彼は立ち上がった。「先生にまた会えて良かった。レセプションに出られますか？」

「ええ、そのつもりです」僕も立ち上がった。

　リョウが立ち去ってまもなく、ウグイが近づいてきた。どこかで見張っていたのだろう。

「ガムは売っていませんでした」彼女は言った。秘書にしては無愛想だ。

「え、どこで？」

「そこの売店です」フロントの方角を彼女は指さす。ちらりとだけ見たが、売店は見えなかった。

「何故、ガムだとわかったの？」僕は尋ねた。

「そうじゃないかと、勝手に想像しただけです」ウグイは無表情で答えた。

　おそらく聞いていたにちがいない。超指向性集音なのか、それともレーザを使った空気圧測定、あるいは画像解析による読唇術か、さもなくば、僕の背中にでもマイクが張り付いているのだろう。

9

レセプションのために、久し振りに正装をした。そのためにわざわざ持ってきた服だ。面倒なことだと思う。どうして、こんな堅苦しい動きにくい服を着なければならないのか、今でも大いに不思議に感じている。もちろん、服装には規制はなく基本的に自由だ。表向きにはそう謳(うた)われている。でも、科学者とクラシックの楽団員はたいてい古式床しいファッションだ。どうしてなのか理由はわからない。みんながわからないまま嫌々その伝統を継承しているとしか思えない。

ウグイは、薄い布のドレスを着て現れた。ツェリンが、それを大袈裟(おおげさ)に褒(ほ)めた。そのツェリンは、ほとんど男装に近い衣装だった。もしかして、男性なのかもしれない。どちらなのか確かめることは不可能だ。はっきり言って、人間とウォーカロンの識別よりも難しい。アネバネの姿は見えないが、ウグイの話によれば、会場に潜入する予定だ、とのこと。「潜入」というのは、彼女が言ったままの表現だ。もしかして、僕もこれから潜入するのだろうか。

エレベータに乗ったとき、僕はウグイの全身をじろりと見てしまった。その視線を彼女に捉えられて、少々困った。

「なにか言った方が良いのかな?」と呟くと、

「いいえ」とウグイは即答した。

エレベータを降りたところに天井の低いロビィがあって、パーティ会場の入口の手前で受付をしていた。電子パスで感知されたあと入っていくと、対照的に天井が高い。三十メートルはあろうかという馬鹿馬鹿しさだった。幾つか、飛んでいるメカニズムがある。小型ドローンだ。カメラなのか、それともマイクだろうか。この空間の平面形は半円で、曲面部が、全面ガラス張りだった。そちらが建物の正面だ。人工樹木の先に駐車場も見える。反対側の平面の壁には、バルコニィらしき窪みが幾つかあった。その壁の下半分が、おそらく手前に迫り出して階段状の座席になるのではないか、と僕は考えた。ここが講演会場にもなると、シンポジウムの案内プログラムに写真とともに記されていたからだ。

既に百人以上いる。テーブルがところどころにあり、空いている場所を奥に見つけてそこに立った。ガラスの壁側に近い位置だ。人間とは思えないボーイがやってきて、飲みものの要求をきいて戻っていった。

リョウが片手を挙げて、テーブルの間をこちらへ歩いてくる。もう片方の手には既にグラスを持っていた。テーブルまで来て、挨拶をしたあと三秒くらいウグイに見入っていた。それから、ツェリンとリョウの紹介をそれぞれに僕がした。

「ツェリン博士は、ナクチュの調査をされています」僕はリョウにそう説明した。そして、ツェリンの顔を見た。彼女は、微笑んで頷いた。

「え、本当ですか。それは、幸運だ」リョウは言った。つまり、彼は、ナクチュにその秘密の種族がいることを知っていたのだ。「この近くですよね。見学はできないのですか？」

「残念ながら、できません」ツェリンが首をふった。「私たちでさえ、エリア内に立ち入ることはできないのです。調査は、すべて間接的な方法によっています」

「間接的？　どんな？」

ツェリンは視線を上に向けた。答えたくない、という仕草にも見えたが、やがて、天井を指さした。どうやら、飛んでいる小型ドローンを示したようだ。ああいった機器を使って調査をしている、という意味だろう。リョウは、納得した顔で頷いた。

僕とツェリンとウグイのグラスをボーイが運んできた。リョウも一緒に四人で無言で乾杯をする。ほかのテーブルもだいたい同じだった。人も増えてきた。

定刻を五分ほど過ぎたところで、平面壁の下に舞台が現れた。アナウンスが流れ、この国の学会長を紹介した。その彼が舞台に上がり、スピーチを始める。彼の背後の高い壁に、写真や図面が投影された。自然の光景、地図、歴史などがテーマのようだった。そのあとは、委員長と紹介された人物が壇上に現れ、シンポジウムの参加者の構成、明日からのプログラムなどを説明した。そして、三人めは、政治家のようだった。彼が短い挨拶をして、乾杯となった。これで開会の儀式は終わったようだ。最後の人物は、この区域の知事だとツェリンが説明してくれた。僕が尋ねたわけでもないのに、この国には知事は二人しかいない、ほとんど副大統領と同じだ、とつけ加えた。

ここへ来たときは、まだガラス壁の外は明るかったのに、あっという間に夜空になり、屋外の照明と、その周辺だけが見えるようになった。駐車場の車も、あの軍隊の装備もすっかり闇に沈んでしまった。室内は相対的に明るくなったように感じられる。反射をしないガラスが用いられているらしく、外部が見やすい。ただ、星が見えるほど鮮明ではない。方角もわからなかった。

ウグイとリョウの二人が、テーブルを離れて、会場の左手の方へ行ってしまった。そちらにビュッフェのコーナがあるようだ。空腹だったのだろう。

しばらくツェリンと話をしていた。研究とはほど遠い内容で、彼女がスカッシュをするという話だった。スカッシュというのは、たぶん食べものではなくスポーツだろうな、と僕は思ったけれど、ついききそびれてしまった。

すると、ウグイとリョウが料理を皿にのせて戻ってきた。しかも、もう一人大男が一緒だった。リョウと親しげに話をしながらこちらへ来る。驚いたことに、それは、さきほど舞台で挨拶をした知事だった。彼は、そのまま僕たちのテーブルへやってきた。近くへ来て、ほかの人間との比較で気づいたことだが、相当に背が高い。二メートルくらいある。最初に、腰を屈めてツェリンと小声で話をしたようだが、それは言葉がわからなかった。

「彼と知合いなの?」とリョウに小声で尋ねると、

「いいえ」とリョウは首をふった。

　大男は、次に僕の方を見て、微笑んで近づいてきた。握手を求められ、挨拶をする。大きな手だ。知事は、テンジンと名乗った。黒い肌に髪は白い。鬚も白かった。彫りの深い顔で、眼は知的な落ち着きがある。

「是非、ハギリ先生の開発された装置を、こちらへ導入したいと考えております」彼はそう切り出した。「発注はしているのですが、なかなか届きません。需要に対して、生産が追いつかないということでしょうか?」

「そうですか。いえ、ちょっと、そちらの事情は私にはわからないのです」僕は答えた。なにしろ、僕は生産者でも販売者でもない。「品薄であることは確かで、生産が追いつかないのは事実ですが、それほどお待ちいただくことにはならないと思います」

「ご存じのように、ここは、そのジャンルのメッカなのです」テンジンは言う。ジャンルとかメッカという表現がやや不思議だったが、ウォーカロン産業が盛んな地だという意味だろう。聖地ではないはずだ。「特に、要望が強いのは、子供の判別です」

「子供ですか? 何歳くらいの?」僕は尋ねた。

　このくらいの、という身長をテンジンは片手で示した。長い手だな、と思って見ていた。示された身長からすると、十歳くらいの見当だろうか。

「実は、低年齢では、測定精度が若干低下する傾向が認められます。原因は、サンプルが不足しているためです」

「サンプル？　どちらのですか？」

「どちらも」僕は答える。人間の子供も、ウォーカロンの子供も、いずれもなかなか測定する機会がない。特に日本では。その事情を話そうかと思ったが、誤解なく伝わったようだ。

　テンジンは、目を瞑(つぶ)って頷き、目を開けたときには、眼差(まなざ)しに強い意思が感じられた。僕にさらに顔を近づけて、こう囁いたのである。

「サンプルならば、ご提供できます」

「本当ですか？」

「サンプルが増えれば、測定は確実になりますか？」

「はい、ある程度までは」

「先生のご研究が成熟することを祈っております」テンジンはそう言うと、僕の肩に軽く触れた。目の前にいると、その大きさに圧倒される人物だった。

　彼は、にこやかな笑顔の印象を残して立ち去った。方々のテーブルへも、その笑顔を配分しなければならない、そんな職務があるみたいだった。かなり離れていても、彼がどこにいるのかわかった。

ようやく、テーブルの上の料理にありつくことができた。ウグイたちが適当に大皿に盛りつけてきたものだ。調理した肉か果物のようだった。それをときどき摘みながら歓談した。途中で、リョウはまたどこかへ行ってしまった。ほかのテーブルで話をするためだろう。ツェリンは、近くの別のテーブルへ移動し、そこで話をしている。相手は、白人のようだった。

僕はずっと自分のテーブルから離れなかった。ウグイがその方が良い、と言ったのだ。もしふらふらしたいのなら、腕を組んで一緒に行きます、とまで脅かされた。そのわりに、自分は料理を取りにいったのだから、やや職務怠慢といえるのではないか、と思った。潜入しているというアネバネはどこにいるのだろう。ときどき思い出して、見渡したのだが、見つからない。ボーイに変装しているのではないか、と疑ってみたが、それらしい人物はいない。

こちらから出向かなくても、向こうからテーブルへやってきた学者たちが何人かいて、簡単に挨拶をした。半分ほどは、名前だけなら知っている人物だった。面識があったわけではない。日本人の学者もいたが、こちらは少し離れたところで顔が合い、軽く頭を下げただけだった。たぶん、向こうはこちらが誰なのかわからないだろう。

その後は、スピーチなどもなく、和やかな雰囲気のまま時間が過ぎた。スピーチなどさせたら、自説を語ったりして長くなるからだろう。明日からその機会はいくらでもあるのだから、ということか。プログラムでは、閉会後の親睦会などは予定されていない。このレセプションが、親睦したい人間には唯一のチャンスだ。

僕が一番会いたかったのは、ドイツ人のハンス・ヴォッシュという博士だった。しかし、その姿は見つからなかった。いるのかもしれないし、まだ到着していないのかもしれない。もし、到着しているならば、司会者が紹介するはずだ、とも思えた。それほど、知らない者はいないビッグネームだからだ。彼の基調講演は明後日の予定だった。なにぶん高齢なので、わざわざこんな場所まで来ること自体が驚きで、一目見たいと思っていた。レセプションに出てきた一番の目的はそれだったのだ。

この願いは、やがて叶うことになる。ただ、残念ながら、グラスを持って、笑顔で握手をすることはできなかった。あとでわかったことだが、ヴォッシュ博士は、レセプションの時刻に会場に到着するスケジュールだった。テンジン知事がそれを出迎える手筈だったそうだ。

ヴォッシュ博士は、レセプションの最初に挨拶をする予定だったが、到着が遅れたため、それを飛ばして委員長のあと知事の挨拶になった。オープニングがあっさりと終わったのは、このためだった。そのかわり、ヴォッシュ博士には、レセプションの最後に挨拶をしてもらうことに決まっていたらしい。

しかし、それもできなくなったのである。

第2章　一連の危険　Sequence of crises

　しかしケイスには、自由界(フリーサイド)をめぐるアーミテジの果てしない落下が見えている。真空中はステップ地帯より寒い。どうしたわけか、想像の中のアーミテジは黒いバーバリを着ている。トレンチコートの、たっぷりしたひだが大きく広がって、巨大なコウモリの翼のように思えた。

1

　最初は花火だと思った。

　しかも、通常よく経験するように、スクリーンに映し出されたグラフィックスだと認識した。けれども、その非反射ガラスはそういった機能のものではない。僕たちが見ているのは、ガラスの向こう側の現実なのだ、と気づく。

　やがて、花火はさらに盛大になり、ほとんど同時に、地震のような揺れを足許(あしもと)から感じた。びりびりとなにかが共鳴して音を立てた。僕はソーセージを半分口に入れたところだった。あまりグッドタイミングとはいえない。

花火でもなくてもないことがすぐにわかった。

続けて、いろいろの音が方々から聞こえたが、なによりも顕著なのは爆音で、しかも不規則に連続した。その異常さは明らかだった。

気がつくと、ウグイがすぐ近くにいて、僕の腕を摑んでいた。

「伏せて下さい」彼女は言った。

「何があった?」僕は屈み込んで、なるべくテーブルに身を寄せた。

「わかりません。見てきます」そう言うと、ウグイはガラスの方へ行き、外に出るために部屋の端へ走った。逆の方向から、リョウがテーブルに戻ってきた。深刻な顔をしている。彼は、きっと日本であった事件を思い出したのだろう。

テーブルの下で、ツェリンとリョウの顔を近くで確かめる。そのほか、部屋の状況を見回した。悲鳴も上がったが、特になにかが壊れているわけではない。おそらく、グラスの一つも割れていないだろう。

また大きな爆音が鳴り響き、頭上のテーブルの上のグラスが揺れた。液体が零れそうだった。外では、すぐ近くで白い煙が立ち上がっている。輝きながら高速度で飛ぶものも一瞬見えた。音は、すぐあとに届く。

これは、なにか事故というよりも、軍事的な行為の結果だろうと容易に想像できた。なんらかのアナウンスがあるものと期待したが、それはなかった。そのうちに、多くの人たちが頭を抱えて、パーティ会場からロビィへ移動し始めていた。ところが、突然、そちらの方でも高い破裂音が何発か続き、複数の悲鳴が上がった。出ていこうとした人々が押し戻されるように会場の中へ逃げ戻ってくる。

「今のは、銃声ですよね」振り返ってそちらを見ていたリョウが僕に言った。そのとおりだろうと僕も思ったので頷いた。

ツェリンは、手首を口に近づけてなにか話している。どこかと連絡を取っている様子だ。僕もメガネをかけているので、そのハードは持っているわけだが、連絡先を知らない。連絡が必要なときはウグイに頼むつもりだったのだ。

「シキブさんが戻ってきた」とリョウが指をさした。

誰のことだと思って、振り返ったら、ドレスの裾(すそ)を振り乱してウグイが駆け込んできた。着ているものには影響を受けない運動性を彼女は身に着けているようだ。滑り込む(すべこ)ように膝を折り、彼女の顔が僕たちに接近した。

「外で爆発があって、車が数台破壊されていました。死傷者も出ているようです。兵士がこちらへ向かっています。既に、一部は建物の中へも入ったようです。あちらの、ロビィの方からです」ウグイが報告した。

彼女が戻ってきた際の出入口にも、既に兵士が数人立っていた。武器を構えている。銃口は室内に向いている。守られているようには見えない。明らかに、その反対だ。

ウグイもそれを見ていた。こちらへ顔を寄せ、「楽観できません」と囁いた。

一方、ロビィからの入口にも、同じように兵士が何人も姿を見せていた。さきほど、銃を撃ったのは彼らだろう。そこから出ていく人間を止めたのだ。威嚇射撃であれば良いのだが、もしかしたら犠牲者が出たかもしれない。

「あれは、警察ですか、軍隊ですか?」僕はツェリンにきいた。

「国防軍です。少なくとも制服は」ツェリンが答える。眉を顰め、不安そうな表情である。「今、警察に連絡を試みましたが、まったく通じません。何があったのか、わかりません」

会場はしんと静まり返っていた。ひそひそ話をしている声はあるものの、それ以外は、咳をする者がときどきある程度。さきほどまで流れていたバックグラウンド・ミュージックもいつの間にか消えていた。

銃声のような音が遠くから断続的に聞こえていたが、近くでの爆音はなくなった。会場にいる兵士たちは動かない。ヘルメットを被り、顔は見えない。迷彩の制服を着ている。身長は例外なく二メートルはある。少し小康状態になった様子なので、テーブルの高さくらいまで顔を上げて、周囲を窺った。

兵士がいるのは、ガラスの壁から外のピロティへの出入口、厨房への通用口、そして、ロビィへの大きな出入口。そのほかにも、非常口が三つあるが、そのいずれも兵士が固めている。トイレにも行かせない態勢といえる。僕はメガネの時刻を確認した。最初の爆発があってから、十二分が経過していた。そろそろ、なにか説明があっても良さそうな頃ではないか。

「大人しくしていた方が良さそうです」ウグイが囁いた。

「私は生まれたときから大人しい」と返答したが、ウグイはにこりともしない。

銃声は止んだようだ。そのかわり、サイレンの音が聞こえた。聞き慣れない音色だったが、ツェリンが救急車だと教えてくれた。その音がやがて止んだ。近くまできたとは思えない。

サーチライトが動いているのが見える。その光がときどき、ガラスに当たって、室内へも届く。上空からだ。ヘリコプタだろうか。しかし、ロータ音は聞こえなかった。消音装置によるものだろう。緊張の時間はさらに十分ほど続いた。

出入口に近い場所で、手を挙げている者がいて、兵士がそちらに何だときいたようだ。よく聞こえなかったが、気分が悪くなり、外へ出たいと申し出たみたいだった。立ち上がったのは、太った老紳士で、もう一人が付き添って、兵士とともにロビィの方へ出ていった。それと入れ替わりに、ヘルメットを被っていない兵士が入ってきた。銃も持っていない。会場の壁側の中央へ行き、舞台に上がるのが見えた。

「皆さん……、ご心配をおかけして申し訳ありません」ジェントルな声が会場に響いた。

天井近くを飛行していた小型ドローンがそちらへ近づく。壁のスクリーンに、その顔が大きく映し出された。白人に見えた。刈り上げたヘアスタイルで、若そうに見える。「表で、ちょっとした軍事衝突がありましたが、もうほとんど終結しています。ただし、皆さんの安全を確保するため、しばらくの間、建物から出ないようにお願いいたします。これから、順次、それぞれの部屋に戻ってもらってけっこうです。なるべく、部屋から出ないで下さい。状況は、また一時間後にお知らせいたします。どうか、冷静に行動して下さい。ご質問には今はお答えできません。それものちほど、明日になれば、もう少し詳しくご説明できると思います」

2

テーブルの順番に、会場から出ることになった。ホールドアップをして、歩く人が多い。しかたがないので、僕たちもそれに倣って、会場を出た。ロビィにも人が多く、エレベータの付近が渋滞している。

人集りができている場所に目が行った。少し離れているが、正面玄関の近くだった。そこからも屋外へ出ることができる。しばらくエレベータには乗れそうにないので、僕は静かにそちらへ歩いた。壁際には、兵士が銃を持って並んでいて、何人かが僕を見ているようだ。振り返ると数メートル離れてウグイがついてくる。彼女は僕に追いついて、腕に手を回した。

「どうしたの?」僕は小声できいた。

「こうしている方が怪しまれませんから」

人集りの中心には大男が横たわっていた。白いシャツの胸が赤く染まっている。怪我をしているようだ。警官らしい女性が横につき添っていた。それ以外の者は、少しだけ離れて周りに腰を下ろして集まっていた。近づける限界まで行き、倒れているのが、テンジンだと確認できた。

「撃たれたんですか?」と近くにいた女性に尋ねると、こちらを見上げて頷いた。泣いているようだった。

死んでいるわけではない。目を開けているし、息をしているようだ。意識はあるのだろうか。

「医者を呼びましたか?」とまた尋ねた。

「駄目なんです。来ません」泣いている女性が答えた。

テンジンがなにか言ったようだ。口が動くのが見えた。近くに跪いていた警官が僕を見て、手招きした。僕ですか?と自分に指を当てて確認した。

囲んでいた人が僕を通してくれた。テンジンの横で膝を折った。

「どうしたんですか?」と警官にきいた。警官ではないかもしれない。銃は持っていない。単なるガードマンかもしれない。彼女は、テンジンの方を指さした。

僕はテンジンの顔を見た。目がこちらへ動いたようだった。

「ハギリです。何でしょうか?」と声をかける。

口を動かしているが、声は聞こえない。

「無理をされない方が良い。医者がもうすぐ来ます」そう言った。

テンジンが顔をこちらへ向けた。

笑っているような顔だった。

口が開き、歯が見える。その歯にも、血が滲(にじ)んでいる。

「先生の、約束が……、果たせない」そう言った。

なんと答えて良いのかわからない。約束というのは何だったか、と思い出さなくてはならなかった。そうだ、子供のサンプルを用意してくれるという話のことか。

「ジアンサ、イズ……」そこで、テンジンは目を閉じた。顔を歪める。

何のことだろう。

アンサ? 何の答?

僕はさらに、彼に顔を近づけた。

か細い声で、「ハーネーム」と聞こえた。

何の答ですか？　と聞き直そうとしたとき、玄関の外が慌ただしくなり、何人もの兵士が雪崩れ込んできた。

そこにいた者は、皆、逃げるように散った。僕は、腕を強く摑まれて、後ろへ引っ張られた。だいぶ下がってから、引っ張っているのがウグイだとわかった。

兵士たちは、テンジンを取り囲み、やがて担ぎ上げて外へ出ていった。ロータリィに、軍用の車両が駐車されていて、その後部の扉が開いている。その中へテンジンを運び入れた。さきほどの女性警官がついていこうとしたが、兵士に払いのけられた。その車両はすぐに動きだし、ロータリィを巡って、走り去った。女性警官は、兵士に引っ張られて、右手の方へ行く。すぐに見えなくなった。

「何を話したのですか？」ウグイが小声で尋ねた。

「いや、聞き取れなかった」僕たちは、ロビィの中央まで戻った。ツェリンが待っていた。リョウの姿は近くにはない。もうエレベータに乗ったのだろうか。

既に人数は減っていて、エレベータに乗れそうだった。それに、もう少し通路を奥へ入ったところに階段もあるようだ。そちらから、部屋へ戻った者も多い、とツェリンが話した。

「そこの男、待て」と太い声が背後から聞こえた。

振り返ると、銃を向けて、こちらへ兵士が三人が近づいてくる。誰のことかな、と見回したが、近くに男は僕以外にいなかった。三人は、まっすぐ僕のところへ来た。

ちょうどエレベータのドアが開いたところだったが、僕は壁際の方へ行くように、と指示された。

「何を話したのか、教えてほしい」兵士の一人が言った。

「何をって、さっきのことですか？」

「テンジンが貴方を呼んで、なにか言った」

「いえ……、私は、あの人とは知合いではない。さっき、パーティで初めて会ったばかりです。知事だと聞きましたが、どこの知事なんですか？」

「何を話した？」

「え、パーティのときにですか？」

「違う。今そこで、何を話した？」

「えっと、彼は、約束が守れなくなった、と言いました。それだけです。何のことかさっぱりわかりません。人違いだったのでしょうね」

銃口をこちらに向けたまま、ヘルメットの兵士は黙っていたが、通路の奥へ行くように促された。

僕は両手を上げたまま、後退した。ウグイが見ているが、どうすることもできないだろう。トイレのすぐ前まで来た。人がいない場所が好きらしい。もしかしたら、ここで撃たれるのかな、と覚悟をした。

　そこへ、若い女性が近づいてきた。片脚だけミニスカートで、真っ白のドレスだった。兵士や僕を気にせず、通路を普通に歩いてくる。

「おい、止まれ！　こちらは立入り禁止だ」別の兵士がそちらへ銃を向けた。

　しかし、女は微笑んで頭を下げながら近づいてくる。言葉が通じないのだろう。兵士が立っているのは、トイレの前である。兵士もそれに気づいたのか、彼女を通した。女はトイレの中へ入っていった。

「どこから来た？　名前は？」兵士が僕に尋ねた。

「私は、日本からです。工学の研究者です。名前は……」

　そこまで言いかけたとき、トイレの中からさきほどの女が勢い良く飛び出し、躰を回転させて、左の兵士の頭を蹴った。間髪を容れず、中央の兵士の銃を摑んで、脚を蹴り上げる。もう一人の兵士が僕に銃を向けたが、そのヘルメットの顔面中央に穴が開き、彼は後ろへ仰け反るように倒れた。振り返ると、ウグイが銃を構えている。すべてが一瞬だった。

　呆然と倒れた兵士たちを見ていたが、ウグイが僕の背中を押した。とにかく、通路の奥へ走った。

3

階段を駆け上った。下へいく階段もあったのに、何故上なんだ？と思ったけれど、質問する暇はなかった。途中で息が苦しくなったが、ほかの三人の女性たちはタフだ。僕よりも明らかにスポーツマンの躰を持っている。

「どこへ？」踊り場で立ち止まって、大きく息をし、やっときけた。

「五階に、警備室があります」それを答えたのはツェリンだった。

あとの二人は、ウグイと、それから、そう、トイレから出てきた女だ。

とにかく、ものも言わず、その部屋まで走った。

鉄の扉を開けて中に入る。ウグイがロックをした。人を感知して、照明が灯ったが、カウンタの内側に人が倒れている。警備員のようだった。カウンタの内側に入ると、さらに一人が壁際で絶命していた。モニタのあるデスクでは、椅子と床に血の跡があり、奥へ通じるドアの手前に一人倒れていた。もし三人のうち一人でも生きているなら、部屋の照明は消えなかっただろう。

ウグイが奥の部屋を見にいった。もう一人の若い女性は、別のドアを開けて、中を調べていた。そちらはキッチンか、あるいはバスルームだろうか。二人はすぐに戻ってきたが、ウグイは天井を見て、銃を二発打った。カメラとセンサを壊したようだ。彼女の銃は音がほとんどしない。その銃をドレスのスカートの下に隠した。そんなものをどんなふうに身に着けているのか、見ていたがよくわからなかった。

もっと不思議なのは、もう一人の女の方だ。今は黙ってモニタを見ている。そこには、幾つかの場所が映し出されていた。そのうちの一つはさきほどまでいたロビィだとわかった。

ツェリンは椅子に座っている。汗をかき、疲れている様子だが、まだ、連絡を取ろうとしているみたいだった。

「先生、大丈夫ですか?」ウグイが近くへ来た。

「ああ……」僕はまだ呼吸が速かった。汗が流れ始めている。「あれは誰? 知合い?」奥にいる女性を目で示す。

「え? 誰って、アネバネのことですか?」ウグイが言う。

僕は言葉を失って、しばらく、そちらを見入ってしまった。アネバネはこちらへ顔を向けない。

つまり、こういうことだ。僕を救い出すために、二人は職務を全うした。公務員にしては、なかなかに献身的だ。僕は改めて、アネバネに礼を言いにいった。

「どうもありがとう」と言うと、アネバネは、ちらりとこちらを見て小さく頷いたが、また、モニタに視線を戻した。指を空中で動かして、場面を切り換えている。話しかけてほしくない雰囲気だったので、ウグイのところへ戻った。ウグイの方が親しみが持てるなんて、凄いことじゃないか、と思った。

「えっと、彼は女性なの?」ウグイに尋ねた。

「知りません」というのがウグイの答だった。

僕たちの部屋は地下だ。そちらへはおそらく捜索部隊が行っているだろう。部屋に大事なものを残してこなかったかと心配になった。現金とパスポートくらいだろうか。あとは、もう少しラフな服装でいたかった、と残念に思った。

「君は、部屋になにか置いてこなかった?」ウグイに尋ねた。

「対空ミサイルと、レーザ砲くらいです」

「あそう。君は?」とアネバネに振ってみたが、こちらを見もしない。

「彼、気が立っているのかな?」と小声でウグイに尋ねてみると、

「さあ……」と順当な答だった。

ここにいつまでもいられるわけではない、という議論をツェリンとした。落ち着くときに人間が普通にする会話ができるのは、彼女だけだった。しばらくはここが一番安全なのでは、とツェリンは言った。ウグイが、モニタを操作して、建物の配置図を探し出した。それを見ながら、さらに議論を続ける。

まず、ツェリンが推測だと断って述べたところによれば、これは局所的なクーデターであって、軍隊が警察を制圧したと見るのが妥当だという。警察に連絡が取れない状況だったし、警察の指揮下にあるこの警備室が襲われている。また、警察はテンジン知事を護衛していたはずだが、その知事が撃たれている。このような状況から、軍部が暴走をした可能性が高いと推測できる。

クーデターという言葉は、あまり聞かないものだが、知らないわけではなかった。歴史に登場する用語の一つだ。通常は、軍事力による政権交替を示す言葉だが、ツェリンが言った局所的というのは、国全体の政権ではない可能性がある、という意味を含めてのことらしい。

「そういった兆候があったのですか？」僕は尋ねた。

「ええ、ありました。この近辺で、そういった勢力が活動しているのでは、という情報があって、警察も早くから察知していました」

「民族的なものでしょうか？」僕の質問は、ナクチュの特区を思い描いてのことだった。

「もしそうならば、革命なのか、それとも独立運動？」

「そうではありません。少なくとも表向きは……。表立って、民衆がそのような声を上げた事例は聞いていません。おそらく、中心となっているのは、この地方に集まっている企業ではないかと」

「企業？　もしかして、ウォーカロン関連の？」

「そうです。それ以外に力を持っている企業はありません」

「力というのは、経済的な？」

「もちろん、それが大きいかと」

「でも、企業には、そんなに大勢の人間がいるとは思えませんが……、ああ、つまり人数の問題ではないということですね。経済力のほかにあるとすれば、政治力でしょうか？」

「それもありますが、もっと直接的な利害だと思います」

「何を求めているのですか？」

「それは、よくわかりません」

「うーん、ウォーカロンならいくらでも提供できそうではありますけどね」

「特に、軍部とは密接な関係にあります。兵士は、みんなウォーカロンですから」

ツェリンのその言葉に、僕はぞっとしてしまった。それについては、先進国ではあまり意識されていないだろう。何故なら、この時代において、兵士というものが既に過去のものだからだ。軍隊のほとんどは単なる兵器でしかない。人間であれ、ウォーカロンであれ、直接軍事活動に加わることは稀だ。戦争さえ既に過去のものだが、もし戦うことになっても、それはスイッチで始まり、あとはオートメーション、つまりプログラムなのだ。そういう時代に至ったからこそ、シミュレーションによってほぼ決してしまい、物的被害が出るような事態には至らない。世界的に見ても、兵員の総数は減少傾向が顕著だ。世界は人類存続の大問題に直面しているのだから、当然のことといえる。

それでも、局地的には伝統的なシステムが今も維持されている。世界はけっして統一されたわけではない。むしろ、それぞれの自治が尊重されるようになり、他地域への干渉は退けられている。この地は、内陸であり文明圏ではない。懐古的な文化とともに、旧式な思想も根強く残っているということか。

ただ、民族ではなく企業がそういった勢力の中心にあるという発想は、驚くほどではないにしても、僕には目新しいものだった。考えたことはあった。今では、国家という単位は、非常に曖昧になっている。現実の地理的関係に囚われないという意味では、企業間の争いの方が顕著だ。

それでも、革命的な活動には、ある程度の人口が必要だろう。大衆が煽動されなければ、単なる犯罪になってしまう。それでは、歴史は動かないはずだ。それが社会的な常識ではないか。ところが、いくら大企業であっても、今どきの工場はほぼ無人だ。したがって、構成員の人口がベースになっているのではない。

待てよ……。そうではない。

その企業は、人を生産しているのだ。

「そのクーデターの短期的な目的は何だと思いますか?」僕はツェリンにきいてみた。

「当地における権限でしょうね。つまり、支配権です」

「支配権を手にしたら、どう有利になるのですか？　税金ですか？　それとも、なにかの規制に反発しているのでしょうか？」

「それは、私にはわかりません。こんな実力行使をしてまで手に入れたいものがあるなんて、想像もできません」

それはそのとおりだ、と僕も思った。きっと、そういった短絡的な利益追求だけではない。人間が武力を用いるに至る理由には、もっと根源的な衝動が伴うだろう。それは、ただその力を試してみたい、という単純なものかもしれない。シミュレーションだけでは消化できない欲求が、人間の生理に存在するということだ。

ウグイとアネバネは、モニタの前でずっと話し合っていた。小声なので、言葉の端々しか聞こえなかったが、現状の把握(はあく)と今後の対処を、地理的および時間的に検討している。最初は僕も加わっていたのだが、残念なことに、僕には当方の武力が把握できていないため、判断は専門家の二人に任せた方が良いと感じて、その場を離れたのだ。

そもそも、何故僕が危機に陥ったのかといえば、テンジン知事が僕を呼んだからだ。正確には、傍らにいた警官かガードマンの女性が僕を手招きした。テンジンが僕を選んだかどうかは不確かだ。単に、ほかの誰かを探しただけだったかもしれない。

僕は名乗った。テンジンは「先生」と言った。だから、僕個人と認めていた可能性は高い。約束が果たせないとも言った。たしかに、僕に対してテンジンは約束をしたばかりだった。

その約束について、ツェリンはこう言った。

「どうして、知事がハギリ先生にあんなことを言ったのか、私には理解できません。わざわざ、あのような場所で言うことでしょうか？　本来ならば、正式なルートを通じて、打診をするのが筋ではありませんか？」

たしかにそのとおりである。しかし、事前に意向を内々に伝えて、こちらの感触を掴んだうえで、後日正式に文書で提案をするつもりだったかもしれない。

「あれは、交渉条件の一つだったと思われます」僕がそう言うと、

「サンプルを提供するから、測定システムを融通してほしいという提案以外にも、なにかあったということですか？」ツェリンは首を傾げた。そんな交換はありえない、という顔だ。

「わかりませんが……」僕は首をふった。「たまたま、あそこで私を見つけたので、そこまで話した、というだけです。まだ条件をすべて提示していなかった。たとえば、そうですね……、提供されたデータでバージョンアップしたシステムを独占させて欲しいとか、あるいは、もっと違った形で、システムを運用させてほしいとか」

「具体的には、どんなことですか？」ツェリンは眉を顰めている。想像できないのだろ

う。無理もない。

「いや、私にもそこまではわかりません。抽象的でしたね」そう言葉を濁した。

知事は、ウォーカロンの勢力に対峙していたのかもしれない。そんな状況にあれば、ウォーカロンの権利や行動を制限するような方向へ政策の舵を切ることも考えていただろう。僕の測定システムが、そういった条件下ではある種の武器になる、ということだ。たとえば、小型化し、モジュール化すれば、兵士のゴーグルのモニタに識別結果が表示される、と考えたかもしれない。ウォーカロンの兵士ならば撃っても良い、となれば、このシステムが有利に働く。ただ、実際には、そのような瞬時の判断は物理的に不可能なのだが、僕のシステムがまだこの国には存在しないわけだから、そんな期待も可能になる。

すべて想像だ。でも、僕はあれこれさきのことまで想像してしまう質なのである。心の中では、そうならない方が良いのだけれど、という方向へ考えがちだ。悲観的な妄想というべきかもしれないが、工学的には安全側といえる。

そんな想像をいくらしても、目前の問題を解決することはできない。今は、とにかく、身の安全を確保することが先決だ。

4

あらゆる手段を試してみたが、外部との通信はできないことがわかった。電磁波はシールドされている。有線についても同じだった。最初に、その処理をしたのだろう。それが、ツェリンが「局所的」と推測した根拠でもあった。ただ、時間が経過するとともに、ここからの発信がないこと、レスポンスがないことに外部が気づき始めるだろう。そして、なんらかの調査が開始されるはずだ。そのとき、今ここを制圧している勢力はどう動くつもりだろうか。

その調査は、既に始まっていると見るのが妥当だ、とツェリンは語った。そして、そののちには、内部の一般人を人質として、なんらかの要求をし、政府との交渉を行うのではないかとも。

モニタで見るかぎり、建物内の通路や公共のスペースには、人影がほぼなくなっていた。一般人は全員、自室に籠(こも)っているのだろう。また、兵士は、ロビィの近くに集結している程度で、数はさほど多くはない。建物の外にいるものと思われるが、外部が映し出されたモニタは、ロビィの玄関付近のみで、広い範囲は見ることができなかった。

もう一つ言えるのは、この警備室が、地上階だけを警備の対象としていることだった。

配置図も地上しか表示できない。この施設には地下がある。その大部分は病院だ。僕たちのいた部屋はＶＩＰのエリアだが、ホテルとしては、そこだけが例外だった。あるいはほかに重要な人物がいたのかもしれない。地下には、病院の警備室と、ＶＩＰエリアの警備室がそれぞれある、とツェリンが語った。

「知事は、時間的に見て、ここに宿泊される予定だったでしょう」ツェリンは言った。

「そうなると、ここを訪れる別の重要人物がいたかもしれません」

「ヴォッシュ博士とか」

「はい、そうです」

「僕たちも、それに含まれていたのですね？」

「ええ、もちろんです」ツェリンは頷いた。

「では、そういった情報から、私が狙われたのかな……」

僕のその呟きには、ツェリンは答えなかった。

既に、この部屋へ来てから一時間ほどが経過していた。モニタを見ていたアネバネが、ウグイと交代し、僕の近くに来て椅子に腰掛けた。溜息をつき、顔を覆うようにしたまま動かなくなった。

「どうした、疲れたの？」と声をかけると、手を離して顔をこちらへ向け、無言で首をふった。間近で見ると、顔が全然違うものの、面影はある。アイグラスは髪に隠れているだけだ。

今思うと、最初に会ったときが一番会話ができた。もともと無口なのだろうか。ウグイだって、それほどしゃべらない。この仕事では、人と無駄話(むだばなし)をすることは職務に含まれないのにちがいない。

「ここへ、兵士が来たら、どうする?」と尋ねた。

「全員排除して、場所を移動します」アネバネは答えた。

「どこへ?」

アネバネは、ツェリンを見た。それは彼女にきいてほしい、という顔だった。

「安全な場所があるとは思えません」ツェリンは首をふった。「ここから逃げ出すのが良いのか、それとも、じっと大人しくしていた方が良いのか、それも、今は判断がつきません」

「少なくとも、私たちを大捜索している様子はないみたいだ。私たちを捕まえることが敵の目的ではない」僕は言った。「ならば、今は動かないで、相手の出方を窺った方が良い。この場所はそれができる」

「長時間になった場合、どうしますか? あるいは、この建物を爆破するような可能性はないでしょうか?」ウグイが言った。彼女はいつの間にか近くに立っていた。

「爆破するとは思えない」僕は否定する。

「可能性がないとはいえません」ウグイが言った。

「うーん、たとえば、外部へ逃げ出す方法があるかな？　この周囲には、歩いていける街なんてなさそうだった」

「ありませんね。十キロくらいの範囲には、人家さえありません」ツェリンが言う。「それに、屋外の気温は、夜は相当下がります。寒くていられなくなります」

「車を使うしかない」アネバネが言った。

「不可能」ウグイが言う。「標的になるだけ。駐車場には、兵力が集中しているし、道は一本だけ。そうですね？」

「あ、そういえば……」ウグイにきかれて、ツェリンがなにか思いついたようだ。「病院の搬入口が地下四階にあります。そこに荷物を運ぶ車両があると思います」

「それならば、可能性がある」アネバネが言った。

「でも、病院が今どうなっているのか、状況がわかりませんね」ツェリンが言った。

「見てきましょうか？」アネバネが、ウグイを見て言った。

「その判断を、私がするの？」ウグイが言い返す。

「命令に従います」

「待って……」ウグイは溜息をつき、僕を見て言った。「アネバネがここにいない状況は、今よりもかなり危険です。リスクを冒す価値があるかどうか。先生はどう思われますか？」

「えっと……」僕は首を振った。ウグイの方がアネバネよりも位が上なのか、と思っていたので、多少上の空だったかもしれない。「全然わからない。だったら、みんなで一緒にそこへ見にいったらどうかな」

「その場合の安全は、保障できません」アネバネが言った。

一緒に連れていくのは無理だという意味らしい。

「モニタで兵士が映っていなくても、おそらく方々にセンサを置いていったでしょうし、小型のドローンが飛んでいるかもしれません」ウグイが言った。「そこのドアを開けるだけでも、かなりリスクがあります。アネバネが出ていけば、動きを察知される可能性があります」

「では、とりあえずやめておこう」僕は言った。

「しかし、時間が経つほど、そういった探索の危険度は高まります。情報収集をするならば、早い方が選択肢が増えます」ウグイが言う。

「そうだね、それももっともだ」

「迷いがあるときには、少し落ち着いて、なにかの機会を待った方がよろしいと思います」ツェリンが言った。「虎よりも猿がさきに来るかもしれません」

「それは、諺ですか？」僕は尋ねた。

「はい、つまり、虎が猿を襲う間に、逃げられるという意味です」

「まあ、猿と人間で、どちらが虎のご馳走か、という問題もありそうですけれどね」そう言って、僕は自分のジョークに軽く笑ったのだが、三人は笑わなかった。

5

通路のドアがノックされた。小さな音だったが、僕たちは息を止めた。

「私が対応します」アネバネが小声で言った。「先生方は、あちらに隠れていて下さい」

僕とツェリンは、バスルームへ通じるドアへ急いだ。ウグイは、残るつもりだ。スカートの中から既に銃を抜いていた。バスルームのドアには小さな丸い窓があいている。それは鏡だと思っていたが、暗い中に入ると、外が見えた。斜め方向だが、アネバネがドアに近づくのもしっかりと見えた。ウグイは、ドアの蝶番側の壁に背を付け、銃を両手で下に向けて構えている。

アネバネがドアを少し開けて外を覗いた。なにか話している。通路にいるのは、背の高い、ヘルメットを被った人物だった。武装しているのだろう。アネバネを押すように部屋の中へ入ろうとする。アネバネは後ろへ下がり、低く身を屈めたが、その後、一瞬でドアの外へ飛び出していった。それに驚いて、中に入りかけた兵士が振り返ろうとする。

ウグイがその兵士の頭の横に銃を突きつける。一瞬遅れて、兵士は弾き飛ばされた。ウグイは、倒れた兵士の銃を奪うため飛びついた。兵士は既に動かない。

ドアは再度大きく開いて、アネバネが戻ってきた。彼は、こちらへやってくる。ドアを開けて、僕は外を見た。

「移動します」アネバネはそう言った。

ウグイは既に通路に出ていた。通路の反対側の壁に兵士が一人倒れていた。首が異様な角度に曲がっている。

「二人だったの？」ウグイがアネバネにきいた。

「はい」アネバネは頷く。

もう一人は、少し離れた通路のコーナに俯せに倒れていた。

「移動するって、どうして？」僕は尋ねた。

「場所と状態の信号が発信されているからです」ウグイが答えた。

状態というのは、兵士の生死だろうか。彼女は、兵士が持っていた武器を調べていたが、諦めたようで、そのまま放置して立ち上がった。使えないと判断したのだろう。来たときの方向へ戻り、階段を下りることにした。

ところが、一フロア下りたとき、物音が下から聞こえてきた。誰かが階段を駆け上がってくる。

ツェリンが指をさして、通路の方へ進む。音を立てないように、息を殺して、しかも急がなければならない。階段から数メートル離れたところに窪んだスペースがあったので、そこに身を潜める。階段の方の物音が近くなったが、さらに上へ行ったようだった。仲間の緊急信号を受けて、さきほどの警備室へ向かっているのだろう。

音を立てないように、階段に戻り、ゆっくりとまた下りた。しかし、次第に早くなり、ついに一階を通り過ぎる。地下一階に至ったが、階段はそこで終わりだった。鉄の扉を開けて、通路に出た。

「荷物専用のエレベータがあちらにあります。それで降りましょう。メインのエレベータは危険だと思います」ツェリンが言った。「荷物用のエレベータを、一度だけ使ったことがあるんです」

下へ向かっているのは、つまり、地下四階にある病院の搬入口を目指しているのだ、と再認識した。アネバネ、ツェリン、僕、ウグイの順に通路を進んだ。

広い空間に出た。一つ下のフロアが見下ろせる。吹き抜けになっていて、通路が取り囲んでいた。その通路にいる。下にはカウンタがあり、ベンチが並んでいた。人の気配はないものの、明るく照明されている。病院の受付のようだ。

降りていくためエスカレータの方へ歩いたが、吹抜けを挟んだ反対側の通路に突然、人影が現れた。

咄嗟に屈み込む。幸い、腰の高さほどの袖壁がある。背後の壁で炸裂音。弾け飛ぶように細かいものが落ちてくる。既に、屈んだ姿勢のまま、通路の先へアネバネが移動していた。そのコーナで待ち構えるつもりだろうか。

ウグイは、顳顬に指を当てて、なにか操作をしている。センサだろうか。もちろん、もう一方の手には銃を握ったままだ。兵士たちがこちらへ回ってくる足音が聞こえた。僕が一瞬で見た人数は、二人だった。だいたい複数で組んで行動しているのだろう。

ウグイが立ち上がって、銃を撃った。彼女はすぐに頭を下げ、僕の前に出る。

通路のコーナから、アネバネが飛び出していく。そのあとは、うめき声と、遅れてどすんという低い音が一度だけ聞こえた。ウグイが立ち上がり、そちらへ走った。

恐る恐る頭を上げてみると、二人の上半身だけが見える。もう兵士は倒れたようだ。何事もなかったように、二人はこちらへ戻ってきた。

エスカレータで、下のフロアへ。カウンタの中には、円錐形のロボットがいて、静かなモータ音とともにこちらへ近づいてきた。球形の頭は、グレープフルーツくらい小さい。最初になにかしゃべったが、言葉が聞き取れない。すると、次は英語で言った。

「ご用でしょうか？　本日は既に一般受付は終了しております」

ツェリンが前に出て、片手をロボットに見せた。

「ドクタ・ツェリン・パサン、認識しました」

「外部と連絡が取りたいのだけれど」

「現在、原因不明の障害のため、外部との連絡は取れません。もうしばらくお待ち下さい」

「何が起こっているの？」

「原因不明の障害です」

「では、搬入室のトラックに載せたいものがあります。緊急の品物です」

「送り先はどちらですか？」

「一番早く出発するトラックは？」

「二十五分後にダムシュン経由シガツェ行き、四十五分後にラサ行きがあります」

「ダムシュンへ届ける品があります」

「ダムシュンは、ナクチュ特区内のため、殺菌処理を受けて下さい」

「わかりました。ルートを開けておいてね。荷物用のエレベータを使います」

「了解しました」そう言うと、ロボットは少し移動して、僕に近づいた。「そちらの方は、ご用は何でしょうか？」

「五階の警備室で、怪我をしている人が三人いた」僕は答えた。

「わかりました。至急対処します」

「もう一つ指示があります」ツェリンがまたロボットに近づいた。「今、私から得たデータは機密です。私の許可なく出力しないように」

「わかりました」

「そうだ。これは機密じゃない。我々は、これから屋上へ出て、ヘリコプタを待つことにする」僕は言った。

「わかりました。ヘリコプタが来るという知らせはまだありません」

「大丈夫、連絡なしに来ることになっている」

おそらく、兵士がすぐにここへ来る。このロボットに僕たちの行き先を尋ねるだろう。ツェリンがデータを機密に指定したのはそのためだ。

カウンタから離れ、ベンチの間を抜けて、通路へ走った。後方から、「次の方、何のご用でしょうか?」という声が聞こえた。

幾度か通路を曲がる。途中で大きな両開きのドアがあって、これは手動で開けることができた。その先は、病院とは思えない雰囲気になり、プラスティックの箱が高く積み上げられ、通り道は狭くなった。さらに、その先にもドアがあった。ここでは、ツェリンが前に出て、認証を得なければならなかった。

荷物用のエレベータに四人は乗った。地下四階に到着し、外に出ると、やや空気が冷たく感じられた。照明の暗い広い空間で、床が二メートルほど低いところにあり、手前の高い位置に僕たちはいる。大型の棚が沢山並んでいて、その先にトラックの一部が見えた。

動いているものもあるが、ロボットのようだ。一番近くの階段を下りていった。

ひと際明るい場所があった。背の低い棚に囲まれた場所にデスクが置かれている。そのデスクの椅子に一人の男の後ろ姿が見えた。アネバネが皆を制して、前に出ていき、男に近づいた。やがて、こちらに手招きをする。安全が確認できたらしい。

男は、椅子の背に首を乗せて、鼾をかいていた。今にも椅子からずり落ちそうな体勢だ。薄汚れた作業着姿で、無精髭が伸びている。老人といって良い風貌だった。彼の片耳からコードが出ていて、デスクの上の黒い箱形のツールにつながっている。アネバネが彼の耳からそれを引き抜く。老人は目を開けて、眩しそうにこちらを見た。

ツェリンが優しい声で話しかける。英語ではない。僕はメガネに翻訳させた。ここに兵隊は来なかったか、という質問に、老人は、何の話をしているのか、とき返した。外で爆発があっただろう、とツェリンが話しても、老人は首をふった。知らないようだ。しかし、ここが安全であることはわかった。

ツェリンは、警察の許可を得ている、次のトラックに載せたい緊急の荷物がある、と説明したが、老人は関心を示さない。しかし、どうぞご自由に、と呟き、あっちの緑のやつだ、と補足した。緑のトラックが少し先に見える。荷物室の扉は開いているが、ロボットは近くにいない。既に積み込みは終わっている様子だった。

「冷凍室じゃないと良いけれど」そちらへ歩きながら僕は呟いた。

「温度設定は変えられるはずです」ツェリンが答えた。

6

トラックは運転席に人間が座ることもでき、マニュアル操作も可能なタイプだった。しかし、ツェリンがパネルを操作して、プログラムを確かめた。目的地を確認し、荷物室の温度設定も変更した。目的地は近くなので、薬品等には影響はないだろう、と彼女は言った。さらに、荷物のデータを加え、実験用の小動物と入力した。これは、生命探知機を無効にするためだろう。

「それで誤魔化せますか?」ときくと、

「おそらく、そんなに詳しくは調べないと思います」とツェリンは答えた。

それをしている間に、アネバネは、老人となにか話をしていて、戻ってきたときには、老人が耳に入れていた装置を手にしていた。

「それは?」ウグイがきいた。

「ラジオです」

「ラジオって何?」

「長波と短波の受信機です」

ツェリンが耳にコードの先の端子を入れて、しばらく聴き入っていた。アネバネとウグイは、近くにあったコンテナの中身を外に出してから、そのコンテナをトラックの荷物室に入れた。既に載っている荷物を移動して、奥にそれを入れようとしている。コンテナは二つだ。

「臨時ニュースをやっています」ツェリンが囁いた。

「何の?」ときき返すと、彼女は片手を広げて、僕を制した。ラジオを聞き取ろうとしているらしい。

こんな旧式の通信が今でも行われているのは驚きだった。もしかしたら、アマチュアの放送なのではないか。ここを包囲している軍隊は、超短波か、あるいはそれ以上の高周波領域に対して、妨害電波を発している。デジタル信号であれば一切使えなくなる。しかし、長い波長の領域は、最近の通信では利用されていないため、その対処を怠ったのかもしれない。また、もしかしたら、今でもアナログ変調による電波がどこかで発信されていて、このラジオはそれを受信しているのかもしれない。アナログであれば、全領域を同時に完全遮蔽することは困難になる。アナログならば、とぎれとぎれになっても、人間には連続した音に聞こえるからだ。

「思ったとおりです。このエリアの一部の反乱軍が、この施設を占拠したと報じています。また、一番近い基地の空港も連絡がつかなくなっているそうです」ツェリンがラジオを聞きながら話した。「政府は非常事態宣言を出して、情報を収集中。反乱軍の意図は不明。犯行声明もまだ出されていない。政府軍は、こちらへ空軍を派遣する準備をしているが、病院内に約千人の人質がいる。その安否はわからない。その人質の中に、テンジン知事が含まれている」

情報はそこまでだった。しばらく、ツェリンはラジオを聴いていたが、やがて耳から端子を外した。

「これ、返さなくても良いの？」彼女は、アネバネに尋ねた。

「はい、購入しました」アネバネが答える。

「では、私が持っています」とツェリンが言った。言葉がわかるのは彼女一人だ。

「トイレに行きたくなった」僕はそう言って、辺りを見回して、トイレらしい場所を探した。ずいぶん離れたところにあった。そちらへ歩いて行くと、ほかの三人もついてきた。みんな、ロボットではないのだ。出発の時間までまだ九分ほどある。

「もう一度確認をしておきたいんだけれど、脱出した方が良いだろうか？」僕は歩きながらきいた。

「はい、私はその方が安全だと思います。結局、政府軍が到着して、戦闘になれば、人質は殺される可能性が高いといえます。そうでなくても、巻き込まれるとか、あるいは、反乱軍が撤退するときに施設を爆破するとか……。ええ、話し合いの結果、解放されるということは、考えにくいと思われます」

「私も同意見です」ウグイも言った。

アネバネは黙っていた。

では、しかたがないな、と僕は思った。なにも言わず、女性二人に頷いてみせた。

ツェリンは、またラジオを片耳で聴いていたが、その後は、新しい情報は放送されていないようだ。ただ、音楽が流れているだけだと言った。

結局、トラックの荷物室で、空のコンテナの中に二人ずつが入った。座って脚をほぼ伸ばすことができる。頭のすぐ上に蓋が来る。それを中から閉めるのだ。僕はウグイと一緒になった。もう一方にツェリンとアネバネが入る。コンテナどうしでは、しばらく会話ができないが、接近しているので、蓋を持ち上げて、大声を出せば聞こえるだろう。大声が出せるかどうかは、状況次第だ。カモフラージュするため、ほかの荷物を前に積んで、奥まで容易に入れないようにした。

やがて、チャイム音が鳴って、荷物室のハッチが閉まった。トラックはゆっくりと動きだした。

外の風景はまったく見えないし、意外に揺れることもわかった。ツェリンによれば、二時間弱だと言う。そんなに持ち堪えられるだろうか、と心配になったけれど、コンテナの中に収まっている必要があるのは最初だけだ。この施設から離れれば、コンテナからは出ることができる。ただ、荷物室から出ることはできないし、運転席へ移ることもできない。

トラックは走り続けているが、低速のようだ。まだここの敷地内だろう。何度かカーブを回った。スロープを上っているのだろうか。

「こんなことになるとはね」僕は呟いた。コンテナの中は照明がないが、メガネを通せば、ウグイの顔は見える。

ウグイは頷いたようだが、見間違いかもしれない。目を瞑っているようにも見えた。今のうちに躰を休めているのかもしれない。

予想していたことだが、トラックが減速し、やがて停車した。おそらく、ゲートを通るところだろう。なかなか発車しない。

大きな音がした。トラックの後ろのハッチが開けられたようだ。軽い振動があった。ウグイは狭い場所で躰を捻(ひね)って銃を取り出した。僕の顔のすぐ近くにそれがあって、真上に銃口を向けている。

足音が響いた。

息を潜めているしかない。見つかったら、抵抗しない方が良いのではないか。しかし、その判断は、銃を持っている者が瞬時にできるのだろう。これまで、ウグイはすべて排除してきた。そう、彼女たちは「殺す」とは言わない。敵を倒すことは「排除」なのである。

また音がして、そのあとさらに大きな音がした。

大丈夫だろうか、と思っていたら、トラックが動きだした。検査が終わって、ハッチを閉めた音だったようだ。

トラックは速度を上げた。モータの回転音でそれがわかる。今は真っ直ぐに走っている。等速度運動になれば、加速度も感じない。最初よりも揺れなくなった。

隣から声が聞こえたので、コンテナの蓋を押し上げた。

「もう大丈夫でしょう」ツェリンの声だ。

「わかりませんよ、まだどこかで検問をしているかもしれない」僕は言った。

「しているとしたら、ナクチュ特区に入るゲートですね」

「そこまでは大丈夫ですか?」ウグイがきいた。

「ええ、たぶん」

僕は大きく溜息をついた。とりあえずの危険からは遠ざかっていることを感じたからだ。しかし、リョウはあそこに残っている。沢山の科学者が人質になっているのだ。政府軍が到着しても、簡単に解放されるわけではないだろう。自分たちだけ脱出したことは少し後ろめたい。これが可能だったのは、ツェリンが一緒だったこと、それに加えて、武器を持ったガードが二人もついていたこと。これは、僕の好運といって良いのだろうか。

「リョウ博士はじめ、大勢を残してきたことは、残念に思います」僕は、正直な気持ちをツェリンに伝えた。

「私の役目は、ハギリ先生を安全にご案内することだったので、今は、半分だけほっとしています。残りの人たちの無事は、祈ることしかできません」

「君は、どう考えている?」僕はウグイに尋ねた。

「反省している余裕は、私にはありません」

「まあ、そうだね」彼女の意見はもっともだ。なんて的確なのだろうか。けれど、こういったときには、言葉だけでもお互いに慰め合うものではないか。僕の考えが古いのだろうか。

アネバネは顔がよく見えない。目を瞑って寝ているようだった。

7

トラックが走行する振動と走行音の中、僕はコンテナに腰掛け、主にツェリンと話をしていた。ウグイとアネバネは目を閉じて、コンテナの中で眠っている。二人は僕たちよりも運動量が多かった分、疲労も多いのではないか。それとも、会話なんて非生産的なものに体力を使いたくないのかもしれない。

最初は、ナクチュ特区の話だった。エリア内に入ったことはツェリンもないのだが、映像は見ている。ロボットやドローンを自分で操縦して、歩かせたり飛ばしたりしたこともあるわけだから、それはほぼ自分で移動した体験といえるだろう。

小高い丘の上に神殿があって、その背後は高い山。山の向こうは湖だという。神殿の前に街があり、その周囲に牧場や農地が広がっている。食料については、ほぼ自給自足しているものの、医薬品や工業製品はこのトラックのように外部からの物資に頼っている。標高は二千メートル以上あるため、冬は厳しいが、夏は空気が乾燥して過ごしやすい。そんな話だった。

そこまでは、ウグイも話を聞いていたようだ。そのあと、彼女が寝てしまったのをツェリンは覗き込んで確認した。そして、窮屈だからと言って、コンテナの外に出た。僕もそっと立ち上がり、ウグイを起こさないようにコンテナを出た。荷物を少し退けて、広い場所を確保し、そこに座った。床は金属製で、ところどころにリベットがある。少々冷たいが、我慢ができないほどではなかった。

照明はないので、真っ暗な暗闇だが、僕もツェリンも赤外線映像で周囲を見ている。彼女は、まだラジオを聴いているようだった。コードが耳から胸のポケットへつながっている。ニュースでは、事件の続報はないという。

そのあとは、雑談になった。僕は、日本であった事件の話をした。そのとき、リョウが銃で撃たれて怪我をしたのだ。ウグイのことは黙っていた。何があったのかを話してみると、一分で終わってしまう短い物語だった。僕としては、この数カ月で自分の人生の本来の道から外れて、ずいぶん遠いところへ来ている感覚があったのだが、もしかして、その程度の冒険は平均的人生なのかもしれない。むしろ、今の方が冒険的だともいえる。

ツェリンは、家族の話をした。息子がいて、医者をしているという。息子を産んだのかどうかは明言しなかった。一般的には、その可能性は極めて低い。尋ねにくい話題だった。それで、僕が黙っていると、しばらくして彼女の方から打ち明けた。

「息子は、私が産んだ子なんです」

「え、本当ですか？　それは……、なんというか、とても珍しい」

「その、つまり、私は、ナクチュの出身なので……」

「ああ、そうだったのですか。息子さんはどちらに？」

「カナダです。向こうで産んだのです。これは、内緒にしておいて下さいね」

「もちろんです。周囲に知れたら、誘拐されますよ」

「はい。危ない目に遭いそうになったことがあります。そうなると、もう遠くへ引っ越すしかありませんでした」

「なるほど、それで、日本に移られたのですね。日本でも、危険な思いをされましたか？」

「直接的な被害はありませんでしたが、個人情報が漏れていることがわかりました。上司から言われたんです。それで、すぐに辞職をして、こちらへ戻ってきました。この国でも、内緒にしています。ただ、ここではナクチュの出身の人間はそれほど珍しくありません。それにもう、この年齢ですから、そろそろ安全です」ツェリンは微笑んだ。

「失礼ですが、人工細胞を移植されましたか？」

「はい。それはもう若いときから、人並みには」

「それは、出産をしたあとですか？」

「はい、もちろん、そうです」

「その後は、妊娠をしない？」

「ええ……、明確には判断できません。人工細胞が取り入れられて、どれくらいで影響が出るものでしょうか？」

「いや、私は専門外です。わかりません」

「私は、ナクチュから脱走したのです。家出をしました。今これに乗っているみたいに、こっそりトラックに乗って、街へ出たんです。そこで、働いてお金を貯めて、カナダに渡りました。教育も向こうで受けました。援助をしてくれる方がいたのです。息子は、その人と暮らしています。死ぬまでに、一度だけで良いから、会いにいきたいと思っています」

「簡単なことじゃないですか。会いにいけますよ」

　ツェリンは頷いた。

アネバネが急にコンテナの中で立ち上がり、壁に向かって立った。腕を捻ってなにかを始めた。きいきいという高い音がした。

「何をしているの？」ウグイがきいた。音で目が覚めたのだろう。

「穴を開けている」アネバネが答える。

　しばらく作業をしたあと、今度は顔を壁に近づけた。開けた小さな穴から外を覗いたようだ。続けて、彼はコンテナを出ると、反対側の壁に行き、また同じように穴を開け始めた。よく見えないが、手には細い道具を握っているようだ。

「あと三十分くらいだと思います」ツェリンが言った。

アネバネは二つめの穴にも目を寄せて外を覗いた。穴の大きさは極めて小さい。五ミリもないだろう。

「私たちがナクチュに入って、それが知れたら、ちょっとした騒動になります」ツェリンが小声で話した。「長く外部から人間を入れたことはありません。私も、先生からあの仮説を聞かなかったら、けっして考えなかった行為です」

「僕は、単に仮説を話しただけです」

「私はそれを信じます。もともと、簡単に感染するようなものではないことは、実験で確かめられていました。逆に、感染するなら、ナクチュの人に接していた人がみんな子供が生まれるようになったかもしれませんね。それなら、すぐに発覚したでしょう」

「しかし、優勢劣勢というものがあるわけですから……」

「そうですね。一度でも、人工細胞を体内に入れたら、ほどなく躰中から消えてしまうのでしょう。でも、少なくとも、病原菌のような感染ではありません。生まれたときから細胞が持っているものです。その現象は、既に動物実験のデータで統計的に確認されています。私たちは、生殖妨害菌の感染を突き止めようとしていた。その逆だなんて考えもしませんでした」

「こちらから感染させるものは存在しない。我々の人工細胞に混じっているものはありません」

「ですから、ナクチュへ入ることに問題はまったくない」

「そのとおりです。でも、それを信じてもらえるでしょうか?」僕は言った。「ナクチュの自治政府は、どう判断するでしょう?」

「少なくとも、私の話は聞いてくれます。説明ができると思います」ツェリンはそう言って頷いた。

8

トラックが減速した。カーブを曲がった。アネバネが壁の穴から外を覗いて、「ハイウェイから逸れています」と言った。穴を覗くときには、アイグラスの方の目を使っているようだった。

「ここまで来ても、まだ通信ができません」ツェリンが話した。彼女は、警察に連絡しようとしているのだ。「ですから、この区域も反乱軍に支配されている可能性が高いと思います」

「ナクチュ特区も占領されている、ということですか?」僕は尋ねた。

「そうです。ラジオのニュースでは報道されていませんでしたが……」

「軍隊の車両が見えます」アネバネが言った。

ウグイは、反対側の壁の穴を担当していたが、アネバネの方へ移動して、彼と交替して穴の外を覗いた。僕も、その光景を見せてもらおうと立ち上がったのだが、ウグイが首をふった。

「今はもう見えません」簡単に否定された。

「対空砲の車両のようでした」アネバネが言う。

「悲観的に考えていたつもりでしたが、やはり、ここも危険な状態のようです」ツェリンが言った。「むしろ、ナクチュを占領する方が主目的だったかもしれません。その価値がある、ということです」

「子供が生まれる地域だから?」僕は言葉にしたが、これは疑問形ではない。「しかし、占領したといっても、内部に踏み込むようなことはできないのでは?」

「わかりません」ツェリンは言った。「先生から聞いた新仮説を、反乱の首謀者が知っているのなら、躊躇(ちゅうちょ)なく踏み込むでしょう。あるいは、その新仮説が、この反乱の契機になったのかもしれません」

「漏れた可能性はありますね。リョウ博士が何人かに話したと言っていましたし、僕の周辺から、あるいはまったく別の経路でも、こういう情報はあっという間に広まるはずです」

「もしも、まだその新仮説を知らなければ、つまり、これまでの常識をまだ持っているなら、反乱軍はナクチュを包囲して、内部との交渉をしているはずです」

「どんな要求を?」

「わかりませんが、目的は、ナクチュ自体を所有するということでしょうね。統治をする、あるいは飼育する、ということです、牧畜のように」

「牧畜ですか……」僕は言葉を繰り返した。表現が痛ましい。

「すみません、適切な言葉を思いつかなくて……」ツェリンもわかっているようだ。

「ここで、人類を増やそうというわけですね。たしかに、その価値はある。可能性がないわけではない」

「いずれにしても、このナクチュには、大々的な攻撃ができません。人質としても有効なのです」

ツェリンの指摘は妥当だと思った。この地に核攻撃はできない。空爆も無理だろう。地上戦であっても、ナクチュに隣接した場所に反乱軍はいるはずだから、作戦は困難を極めることになる。

「ナクチュ特区に入るまえに、検問があるのでは?」ウグイが尋ねた。

「わかりません」ツェリンは首をふる。「でも、このトラックは医薬品専用です。病院を出るときに検問を受けていますし、外にその検印があるはずですから、フリーパスになると思いますけれど……」

「だと良いですね」僕は言った。

「でも、入ったあと、ナクチュの警察が調べるはずです。ナクチュの警察が機能していれば、ですが」

「その場合、私たちはどうしたら良いですか?」ウグイがきいた。

「警察には、従って下さい。武装を解除して、両手を上げて」ツェリンが言った。

「それは……」ウグイは、僕の顔を見た。「難しいですね」

「私が交渉をします。任せていただけませんか?」ツェリンも僕を見た。

外を覗いていたアネバネもこちらを向いた。どうやら、僕が決めなくてはいけない状況のようだ。とりあえず、僕が最年長ということか。

「ツェリン博士の言うとおりにしよう」僕は言った。

警察とやり合うのはまずい。ここで抵抗したら、またどこかへ逃げなくてはならなくなる。少なくとも、反乱軍と警察は別だ。対峙している勢力のはず。両方に武器を向ける必要はないだろう。

「なんとかして、日本と連絡を取れないものでしょうか」ウグイが言った。

「この区域も、ネットワークは遮断されている可能性が高いですね」ツェリンは首をふった。「でも、政府軍が動いているようですし、外国からの支援もあるはずです。状況は改善されるのでは」

「まだ事件が起こって五時間程度しか経っていない」僕は言った。「これから、状況が変わるだろう。あまり、慌てない方が良いと思う」

僕たちはまたコンテナの中に隠れることにした。トラックは、何度か停止をした。それは、信号なのか、それとも検問なのか、外のことはわからない。音はまったく聞こえなかった。

しかし、後部のハッチが開けられる様子はなく、低速ながら進み続けた。

時刻から、もう目的地だと思われる頃、トラックは停止して、発電機やコンプレッサの音も消えた。急に静寂に包まれ、自分の呼吸が意識された。

人の声が聞こえて、まもなくハッチが開けられたようだ。

しかし、十秒ほどでそれがまた閉まった。中を確認しただけなのだろう。反乱軍の検問なのか、それともナクチュの警察なのかはわからない。トラックはしばらく動かない。二分ほど静かだったが、また始動して動き出した。ゆっくりと進んでいる。

「さっきのが、軍の検問かな」と僕が呟くと、

「そうだと良いですね」とウグイが答えた。彼女はまた銃を握っていた。

何度か少し揺れたが、ブレーキがかかり、トラックは停止した。

静かになった。

やがて、ハッチが開けられる。軽いモータ音が聞こえた。

数分間、じっと待った。

蓋を少しだけ持ち上げて確かめてみると、光が感じられる。明るい場所にいるようだ。さらにしばらく待ったが人の声は聞こえない。

もう少し蓋を持ち上げてみる。後方でなにかが動いているのか、音は聞こえる。それから、影が動いていた。

隣のコンテナの蓋も持ち上がった。ツェリンが顔を出した。

さらに蓋が持ち上げられて、アネバネが立ち上がった。後方を荷物の隙間から覗きみている。ウグイも立ち上がり、コンテナを出て、壁に空いた穴に顔を寄せた。

「室内のようです」ウグイが言った。

アネバネも穴を覗いている。僕は、後方を見た。久し振りの明るさで、眩しかったが、荷物室に入ろうとするロボットがあった。これは、別のロボットがそれを持ち上げて、荷物室に入れようとしているのだった。

アネバネが荷物の箱を退けて、そちらへ出ていく。しかし、ロボットは彼を無視して中に入ってきた。積み荷の確認をし始めた。外にいるロボットは一台ではない。並んでいるようだ。

アネバネがハッチの外を覗く。そして、軽い身のこなしで外へ出ていった。どうやら、安全そうだ。

ウグイも、そちらへ出ていく。銃は今は仕舞っている。トラックを降りたアネバネと話をしてから、こちらへ戻ってきた。

「大丈夫そうです」ウグイが言った。「倉庫のような建物の中です。周囲に人間はいません」

「こんな時刻だから、みんな寝ているんだろうね」僕は言った。もちろん、半分はジョークである。

ロボットたちは、僕たちを認識している。ぶつかるようなことはないし、こちらを優先するように、後ろに下がったりする。ウグイと僕もトラックの荷台から飛び降り、ツェリンも続いた。

すると、一台のロボットが別のロボットを持ち上げ、それをトラックの荷物室へ入れた。二台のロボットが荷物を確かめ、外で待っているロボットに手渡す作業を始めた。

ツェリンは、ロボットに話しかけていたが、反応はなかった。そういった機能はないようだ。

広い空間で、天井が高い。太い柱が何本かあって、天井の構造を支えている。窓はなく、照明は少ない。トラックが入ってきたと思われるスロープが見えた。その傾斜からすると、ここは地下のようだ。

「荷物を降ろしたら、また次のところへ出発します。ここに三十分停車するスケジュールです」ツェリンが言った。「どうしますか？　ここに留まりますか？　それとも、次のところまで移動しますか？」

アネバネは、かなり遠くまで歩いていき、周辺の様子を確かめているようだった。ウグイは僕たちのすぐそばに立って周囲を眺めている。銃は持っていない。

「おそらく、ここは反乱軍に包囲されているものと通信状況から推察されます。次はシガツェというところですが、ここよりは安全かもしれません」

「どれくらい時間がかかりますか?」

「そうですね、二時間くらいかと」

「貴女は、どう考えますか?」僕はツェリンにきいた。「状況を一番正確に把握しているのは、私たちではない」

「それはそうですが、しかし、ご自身のことです。私は保証ができません」

「率直に、考えていることを聞かせて下さい」

「反乱軍の支配下にあっても、このエリア内には同胞が大勢います。少なくとも千人ほどの人間がいます。とりあえずの安全と、それから、まえの病院よりは、ええ、可能性があるといえます。いろいろな手が打てると思います」

「どんな手ですか?」

「はい。実は、ここには、旧式の放送設備があります。それを使ったことがあるのです。もうずいぶんまえのこと、学生だった頃ですが、きっと、今もそのまま残っていると思います」

「放送設備というのは?」

「電波の発信機です。つまり、これと同じです」ツェリンはポケットからラジオを取り出した。「人工衛星を打ち上げたときに、通信のバックアップをしました」

「人工衛星ですか。気象衛星でしょうか。国が打ち上げたのですか?」

「我が国だけでは、そんな余裕はありません。それは、近隣諸国と共同で、ラマの指導で打ち上げられました。ハギリ先生がお会いになったラマです」

「うーん、どうも話がよくわかりませんが」

「あとで、詳しくご説明します」

「とにかく、そうですね、ここに留まることにしましょう。まず、ここの住人に、私たちが来たことを知らせなければなりませんね」

「私がします」ツェリンが言った。「しばらく、ここのどこかでお待ちいただくことになりますが」

「撃ち合いをしたくありませんから、もっと安全な場所が良いかと」ウグイが言った。

「誰かに見つかったときは、銃を手放して、ホールドアップして下さい。けっして無差別に人を撃つようなことはありません。ここの人間は、そんな野蛮なことはしません。どうか、信じて下さい」

ウグイは、なにか言い返したそうな目だったが、黙っていた。ツェリンにしても、ウグイたちに不満があって言ったのではないだろう。そこまで考える余裕がないだけだ、と僕は思った。

ツェリンはスロープの方へ歩いていった。その近くにドアがある。そこを開けて姿を消した。

9

倉庫の壁にあるドアを順番に開けて、居心地の良さそうな場所を探した。会議室のような部屋があった。ドアが半透明で、照明が灯っている。ウグイがノックをしてから開けた。

一人の男が立ち上がり、こちらを振り返った。ツェリンの言葉に従ったのか、ウグイは銃を抜かなかった。相手の動きが遅かったからかもしれない。それは予想もしない顔で、僕はしばらく言葉が出なかった。

「もしかして、ヴォッシュ博士ですか?」僕は英語で尋ねた。

部屋は八メートル四方ほどの広さだ。簡易な机と椅子が並んでいる。正面には、モニタがある。ここで、ちょっとした発表会ならできそうだった。

「そうです。貴方は?」博士がきいた。ジェントルな声の響きだった。

「私は日本のハギリといいます」

「ハギリ? 日本人ですか?」

「はい」

「ああ、では、あの識別機の？」

「はい、そうです」

博士のところへ近づき、握手をした。グレィの顎鬚にメガネ、ネクタイをしている、かなり古風なファッションだったが、いかにも学者という雰囲気だった。シンポジウムで基調講演をする予定になっているドイツの著名な科学者である。

「光栄です」僕は言う。「でも、こんな場所でお目にかかれるとは……」

「ハギリ博士は、どうしてこちらへ？」

この部屋は安全そうだ。ウグイとアネバネも中に入り、ドアを閉めた。そこで、ヴォッシュ博士の話をきいた。

彼は、シンポジウムの会場へ向かう車に乗っていた。しかし、途中で軍隊のようなものに停められた。もう一人現地の人間がガイドで乗っていたが、兵士を見て、車から降りて逃げてしまったという。そのときに、車の行き先を変更されてしまったらしく、次に車が停車したのが、この地下倉庫だった。どことも連絡ができなかったが、話ができるロボットがやってきたので、事情を説明した。ここがナクチュの特区であることもわかった。一般人が立ち入れないエリアなので、この倉庫から出ないようにしてほしい、と指示されたという。

「しばらく待ってくれ、と言われたままです。もう……」博士は腕の小さなモニタを覗き込んだ。「かれこれ、三時間以上待たされています。ナクチュ特区のことは、もちろん知っていたから、むやみに歩き回るのもどうかと思い、この場所を見つけて大人しくしている次第です。そのうち、ロボットが戻ってくるだろうと期待しているのですが……」

こちらも、シンポジウムの会場から脱出してきた経緯を簡単に説明した。今、この国のツェリン博士が、ナクチュの警察か、あるいは自治政府関係者に交渉にいっている、と。

「反乱軍というのは？」ヴォッシュは尋ねた。

「詳しくはわかりません。局所的なもので、この地域における支配権を得ようとしているようです」

「なるほど、クーデターですか。それはまたタイミングが悪い」ヴォッシュは低い声でそう言った。「いや、そうではなく、向こうはこのタイミングを狙っていたのかもしれない」

「どういうことですか？」

「知事が出てくることがわかっていました。それから、この分野の頭脳も世界から集まってきている、彼らには是非とも手に入れたいもののはずです」

「それは、つまり、首謀者がその分野の者だということですね？」

「力を持っているのも、その分野の者です」

「もしそうだとすると、会場にいる科学者たちは、解放されない恐れがありますね」

「そうなっては困りますが……」ヴォッシュは、ウグイとアネバネの方を見た。「このご婦人たちは？　先生のご家族ですか？」

「いえ、日本から一緒に来たスタッフです。秘書のウグイと、助手のアネバネです」

「そうですか、大変でしたね」ヴォッシュは頭を下げた。

博士が立ち上がり、トイレに行くといって部屋を出ていった。近くにあるようだ。

「本名を言わない方が良かった？」とウグイに尋ねると、

「かまいません」と簡単に答えた。

こうして落ち着くと、腹が減っている、喉が渇いている、ということがわかった。しかし、食べものも飲みものも出てくるわけではない。パーティのときに、もっとしっかり食べておくべきだった、と残念に思った。

「君たちは、夕食はちゃんと食べたの？」ときいてみると、二人とも、僕をじっと見ただけで、返事をしなかった。大して空腹ではない、という意味なのか、それとも、返事をするほどの問いでもない、という意味なのか、いずれかだろう。

娘がひとり、錆びた鋼材のかたわらにしゃがみこんでいた。そこが煖炉のようになっていて、流木が燃え、煙は風で、へこみだらけの煙突に吸いこまれていく。火だけが光源で、娘の驚いて丸くした眼を見ると、ヘッドバンドに見憶えがある。スカーフを丸めたもので、回路を拡大した模様がプリントになっている。

第3章 一連の生命 Sequence of lives

1

その部屋で二時間ほど待たなければならなかった。なにもすることがない。ヴォッシュ博士とは、恐れ多くて何を話せば良いのかわからない。あとの二人も、ほぼ同じ印象だ。日付が変わってしばらくすると、ドアがノックされ、ロボットが入ってきた。ロボットは籠(かご)を持っていて、プラスティックの容器入りの飲みものを四つ、そこから出した。ロボットは英語で話し、ツェリンからの伝言もあった。ナクチュの警察とは話がついたが、ここの自治政府関係者にこれから会うところで、少々時間がかかる。不自由で申し訳ないが、もう少しだけ待ってもらいたい。なにか要求があれば、ロボットに指示して下さい、とのことだ。

それを聞いて、僕はずいぶんほっとした。ほかの三人も同じだっただろう。空腹ではあったが、我慢ができないほどではもちろんない。室温も適度だし、座る場所もあるし、特に不満はなかった。

ウグイは、部屋の外へ出て、倉庫を見回ってきたようだ。今はトラックもなく、ロボットたちも姿がない。アネバネは、部屋の隅で壁にもたれて座り、仮眠している。

僕は、ヴォッシュ博士と専門的な議論をすることができた。僕が、人類最大の課題に関する新仮説を知っていることに、博士は驚いたようだ。しかし、僕にしてみれば、博士がそれを知っていることで、少なからず安堵した。つまり、この分野では、もうその仮説が知れ渡っている、ということになるからだ。

ただ、ヴォッシュ博士は楽観的には捉えていない様子だった。科学的な証拠はない。いまだに確かめられない。百五十くらいの候補は指摘されたが、それを単独で抽出し生かすことは複雑で、その方法は二千五百通り以上あるという。さらに、そのうちの八割は、それに付随する条件が三万通り以上考えられるらしい。これらを逐一潰していくとすれば、最悪の場合、事象の再現に百六十年かかる計算になる。

「その試算は、でも、そんなに悪くはありませんね」僕は私見を述べた。「もっと天文学的な困難を予想していましたから……。それくらいならば、今の人類にはなんでもないでしょう。ジェネレーションが交替しなくても、持ち堪えられそうです」

「まあ、そうだね」ヴォッシュは苦笑いした。「君の世代が、そういう価値観を持っているのは知っている。とても良い傾向だ。私などは、百六十年なんて、とつい絶望してしまう。だって、そうじゃないか。百六十年まえは、どうだった？　さっきのロボット、あの程度だってなかったんだ。人類の平均寿命が百歳をようやく超えた頃かな。私は、ぎりぎりロープタッチで生き延びてきた。この頃は、生きているのがどうも実感がないね。不思議でならない」

「不思議なのは、生きているからではないでしょうか」

「そうだ。それは、ああ、なかなか示唆に富んでいる」

彼は、百六十年まえの世界を知っているのだ。この頃では、珍しいことではない。個人のインテリジェンスが長期間にわたって維持できるようになったことは、それこそ人類の英知の一つの到達点といえるものだ。

「そうですね……、私は、楽観しています。きっと、問題は解決されます。そして、人類はまた繁栄する。次の危機は、地球上のエネルギィでしょうか」

「それこそ、天文学的な未来の話だ。そのまえに、人工知能で一問着ある」

「どうしてですか？　いえ、博士のおっしゃる人工知能というのは、ウォーカロンの頭脳のことではありませんね？」

「そう……」ヴォッシュは頷いた。「そちらは、まったく問題ない。ウォーカロンは、あと五十年で人間になる」

「それは、はい、私も同意見です。宗教的な違和感さえ収まればですけれど」

「それに、五十年かかるという意味だよ」

「なるほど。では、博士がおっしゃる人工知能というのは、スーパ・サーバのことですか？」

「君は、優秀だ。私の周囲の学者は、誰もそこに気づいていない」

「いえ、私は、そちらが専門です。工学なんです、ベースが」

「なるほど……」ヴォッシュは頷いた。「最近、技術屋が減ったからね。人類として、そちらが手薄になっているんだ。コンピュータに任せきりになっている。技術者は、自分たちを絶滅させるために、努力を惜しまなかった」

そうでもないだろう、と僕は思ったが、黙っていた。工学は百年ほどまえにほぼ成熟の域に達し、その後は維持管理に主眼が置かれている。たしかに、多くのものが自動制御になった。維持には、人間よりも機械の方が向いているからだ。

そして、研究の中心は、生理学へシフトした。ウォーカロンがロボットではなく、人工細胞によって生きたウォーカロンになる時代を迎える。しかも、子孫が誕生しない問題が世界中を震撼（しんかん）させたのちは、さらにその方面へ技術や頭脳が投入される結果となった。

スーパ・サーバとは、ようするに、巨大コンピュータのことだが、実際に、そんな大容量のコンピュータが稼働しているわけではなく、世界中のコンピュータを結び、全体としての効率を上げるために管理を行うシステムのことで、その実体は単なるプログラムにすぎない。つまり、ハードではなくソフトだ。

僕はそのスーパ・サーバ・システムに、ほんの少しだけ関ったことがある。ずいぶん若い頃のことで、多数の研究者が、それぞれの専門分野の知識を投入しつつ携わっていた。簡単に言えば、データベースと、それを再構築するラーニング・システムであって、僕が関ったのは、個々のデータに関する評価をどのようにするか、といった、重み付け、あるいは採点法を定期的に見直すための作業にすぎない。それも、ほんの一部のデータについてだ。やっているときは、まったく地味でつまらない仕事だと感じたものである。

「一問着というのは、具体的にどんなことでしょうか?」僕は尋ねた。

「それは、ちょっと具体的には予測ができない。しかし、そう、抽象的にいえば、なんらかの支配というのか、あるいは責任というのか、そういうものを人類に対して課してくるだろう。それは、過去に遡ってデータを収集し、現在の地球上の状態を定量的に把握すれば、必ず到達する方向性なんだ。別の言葉にすれば、そう、無機の正義のようなものを構築する。その正義によって、抑制されるべきものが選別されるだろう」

「人工知能が正義を持つというのは、わからないでもありませんが、どのような形で、人類を支配できるでしょうか?　どうやって非正義を抑制するでしょうか?」

「そこがわからない」ヴォッシュは首をふった。「この危惧は、かなり昔からあったものだ。だから、人工知能には発言をさせても、行動をさせることはしなかった。そのように安全を確保する設計がされている。万が一のときの暴走を想定しての処置ともいえる。しかしね……」

ヴォッシュは目を細めて、僕を睨んだ。しばらく沈黙があった。言葉にするのを迷っているのだろうか。

「こんな、未知の場所で、しかも会ったばかりの君に、どうしてこんな話をしているのか、実に不思議な情景だね」彼はそう言って笑った。「これも、生きているということかな」

「ええ、不思議です。続きは、お聞きできないのですね？　重要すぎますか？」僕はきいた。

アネバネが立ち上がり、黙ってドアから出ていった。ウグイはまだ戻ってこない。

「あの二人は、人間ですか？」ヴォッシュが小声できいた。

「はい、そうだと思います」アネバネについては判別しかねていたが、今はこう答えた方が良いだろう、と思ったのだ。

「では、気を利かせて、出ていったのかな」

「さあ、それはわかりません」

ヴォッシュは口を少し開け、舌で唇を嘗めた。鬚の中で蠢く感じである。

僕は、しばらく待った。「しかしね」のあとの言葉を。

博士は視線を入口に向け、また戻した。瞳の奥で一瞬だけ輝くものがあった。単なる反射だが、外の光なのか、それとも内なる光なのか。そんな非科学的な疑問が、僕の頭を過った。

「何の根拠もない。これは一人の科学者の勘でしかない。戯言だと思ってもらってもけっこう」そう言って、ヴォッシュは僕を上目遣いで見据えた。「今の人は知らないだろうが、かつて、世紀の天才と言われた女性がいた。その彼女が、基盤となるプログラムを書いたんだ」

「マガタ博士のことですね？」

「ほう……、若いのに、よく知っている。ああ……、そうか、君は日本人だった。そう、彼女も日本人だ。ドイツ人の血が混ざってはいるけれど」

「何のプログラムですか？」

「あらゆる分野に入り込んでいる。そのスーパ・サーバの主幹部分も彼女のプログラムを基礎にしている。それから、ウォーカロンの頭脳を形成するイントーラにもね」

「本当ですか、それは知りませんでした。あれは、ソフトというよりも……」

「チップだ。既にコードは失われた回路だ。今では、そのソースを辿ることは不可能だ。

少なくとも人間には不可能だ。あれはもう、人間の神経細胞と同じ。しかし、確実になにか埋め込まれているだろう。あれだけの頭脳ならば、それをやらないはずがない。何故なら……」

ヴォッシュはそこで大きく息をした。姿勢を正し、顔をむこうへ向けてしまった。口から出すことに、なんらかの抵抗を感じる、といった仕草だった。

「どうしてですか？」僕は促した。是非とも理由が聞きたかった。

「何故なら……、私なら、それをするからだ」ヴォッシュは言った。

その言葉に、僕は背筋が寒くなった。

圧倒的な説得力を感じ、受け止めるのが精一杯だった。ハンス・ヴォッシュといえば、生存する天才の一人として世界中が認める人物である。物理学と生物学の二つの分野に跨がっている膨大な功績、そして数々の受賞歴、また、政治的にも発言権を持つビッグネームである。

そんな大科学者が、日本の一研究員でしかない僕に話をしてくれるだけで、震え上がるほどの状況といえる。この特殊な事態が作った奇跡だ。おそらく、いくらか身の危険を博士は感じたのだろう。生きているうちに伝達しなければならない、と考えたのかもしれない。たまたま、僕がその聞き役になったというわけだ。

「それを、博士は調べられたのですね？」僕は質問した。

「当然」ヴォッシュは頷いた。「もう三年ほどになる。この頃の私は歴史家だよ。古いデータばかり検索して、証拠を見つけようと藻掻(もが)いていた。公開されているデータでは探れない。仕組まれて、探れないようになっている。したがって、さらに個別のものを見ていく必要があった」

「個別のものというのは？」

「多くは、企業の中から外に出なかったデータだ。それらを、いろいろコネを使って入手した。研究のためだといえば、かなり融通を利かせてくれるんだ。それで、古いプログラムの記録、あるいはコードそのものを辿った。集積回路のデザインの元になったものも調べてきた。そういったことから、ぼんやりとわかってきたことだ。ただ、まだ肝心の部分は、残念ながらわからない。それは、意図的に削除されているからだ。物証として、遡れないように入念な工夫がされているんだ。それは、そう……、私のように疑う人間が出現することを百年以上まえに予測し、しっかりと予防がされているということだ」

「そうなると、どうすれば、それを、つまり、その支配から免(まぬが)れることができますか？」

「それには、まず、彼女が何をしようとしていたかを知る必要がある。何をするかわからないのでは、予防にはならない。現実のトラブルが起こってからでは、おそらく防ぐ手立てはないだろう。いや、これは、非常に楽観的な予測だ。そのトラブルは、既に起こっているかもしれない。ウォーカロンが意思を持ったときに、スーパ・サーバは肉体を得た。

というよりも、そもそも、スーパ・マザーだったのだ。すべてを彼女が産み出したのだから」

「あの……」僕はそれを話すべきかどうか迷っていたが、今この機会がそれだと決断をした。「実は、私は、マガタ博士に会ったことがあります」

「え?」ヴォッシュは目を見開いた。「いつの話だね?」

2

ドアを開けて、ウグイとアネバネが部屋に入ってきた。

「ツェリン博士が戻ってこられました」ウグイが言った。

僕は立ち上がり、こちらを見据えているヴォッシュ博士に、囁くように告げた。

「すいません。あとで、お話しします」

ドアから出ていくと、ツェリンがこちらへ歩いてきた。歩行型のロボットが一緒についてきた。

ツェリンは、まずヴォッシュ博士に挨拶をした。彼がここへ来ていることを知っているようだった。

「まず、ここの現状ですが、反乱軍は包囲をしているだけで、中へは入っていません。彼らは、ここへは入れない、入ればここの価値が消滅する、それでは自分たちの利益もなくなる、と認識しています。取引のための接触があって、現状を維持したままここを支配下に置きたい、という要求です。彼らが欲しいのは、ここの人々、それから電力です。今のところ、コバルト・ジェネレータは運転を続けています。まだ送電先が切り換えられたわけではなさそうですが、いずれは、そのエネルギィを自分たちで独占するはずです」ツェリンは、そこで肩を竦めた。「好ましい状況とはいえませんが、少なくとも、予想どおりといえるかと……」

「反乱軍の首謀者は？　本拠地はどこなんですか？」

「いずれも、まだ判明していません。声明も出ていません。ただ、軍隊としては、この地区のものだそうです。テンジン知事の指揮下にあった軍隊です」

「なるほど、それで彼をまっさきに殺そうとしたわけですね」僕は言った。「ナクチュの自治政府はどうするつもりなんですか？」

「今のところ、反乱軍に対しては、検討するとだけ応えているようです。交渉にも人を出していません。ロボットを通じて連絡を取り合っている段階です。とにかく、様子を見ようとしていますね。当然のことだと思います。それから……」ツェリンは、ヴォッシュの方へ近づいた。「ヴォッシュ博士のことは、どうしたものか、と考えあぐねていました。博士の高名は充分にわかっているはずです。博士がここにいらっしゃると聞いて、私もびっくりしました。充分なおもてなしをしなくては、民族の恥になると言っておきました。至急、部屋を用意しているところです。時間がかかってしまって、申し訳ありません。なにしろ、深夜のことで、手間取っているのです。都会的なセンスがここにはありません。どうかご容赦下さい」そう言うと、ツェリンはヴォッシュに頭を下げた。

「あ、いやいや……」ヴォッシュは両手を広げた。「突然のトラブルです。私には、なんの不満もありません」

「それから、ハギリ博士のことも、事情を説明しました。外部の人間を入れても科学的にまったく問題のないことが最近の研究で判明している、と伝えました。政府としての結論は出ていません。とりあえず、ヴォッシュ先生と同じように、お部屋を用意しています。もうしばらく、お待ちいただければと思います。明日になれば、なんらかの方針が決まるはずです」

「どうもありがとうございます」僕はお辞儀をした。

「もちろん、お二人も、ハギリ博士と一緒にいてもらってけっこうです」ツェリンは、ウグイたちを見て言った。「安全は保障されます。もう、武器の必要はありません。また、外部に対して、皆さんがここにいることは漏らしません。それは念を押しておきました。とにかく、お疲れでしょう。遠くからいらっしゃっているのですから、なおさらです。もうしばらくのご辛抱をお願いするしだいです」

再び会議室に入って、椅子に座って待つことになった。ツェリンも一緒である。ロボットも彼女にずっと付き添っていた。おそらく、このロボットで僕たちを監視しているのだろう。電波による通信はできないが、建物の内部であれば、赤外線によるネットワークが利用できる。警察がここを監視している可能性は高い。ただ、部屋の中に赤外線の端子は見当たらなかった。

ツェリンは、会議室のモニタを使って、状況の説明をしてくれた。それは、夕方に軍隊がやってきた映像から始まった。どこか高いところから撮影されたものだった。

ゲート付近まで侵攻してくるとき、周囲に展開するとき、それから空から偵察する兵器などが撮影されていた。通信を遮断しているのは、上空に浮かんでいる発信器によるもので、デジタル信号のほとんどが全周波数領域で使えなくなっているらしい。

ツェリンの横に立っているロボットが、モニタにこの映像を出したのだが、ツェリンが見せてほしいものを指示してから、一瞬タイムラグがあった。どこかと通信している様子である。

「このロボットは、ここの映像をどこかへ送っているようですね」

「はいそうです。警察と自治政府のトップだけですが。いけませんでしたか?」ツェリンがきいた。

「そうではなくて、この通信はどのようにしているのですか? 赤外線ですか? 有線ではありませんよね」僕はロボットを見た。ケーブルがどこかへつながっている様子もなく、赤外線の送受信ができそうな端子も会議室には見当たらない。

「はい、これは旧式の周波数変調を使っています」

「電波ですか？　周波数は？」

「超短波だと思います。たぶん、五十メガヘルツくらいの」

「ああ、そうか、アナログなんですね、だから使えるんだ」

「そういうことです。たしかに、遠くへは届きません。デジタルの遮蔽電波に妨害されるからです。しかし、送受信の距離が近ければ、特に、周波数変調は混信を遮断する性質があります」

「そうなんですね。知らなかった」

「昔のラジオがそうなんです。周波数変調はＦＭと呼ばれて音楽を放送するのに適していましたし、それから、初期のテレビ放送もＦＭだったはずです」

「さきほど、方法があると言っていたのも、それなんですね。アナログで送信できる設備があると」

「そのとおりです。このエリアには、ローカルな放送設備があります。骨董品のような機材を使っているんです。今は、反乱軍に知られないために、送信を中止しています。発信しても、それほど遠くへは届きませんし、それに受信できる人が、ここ以外ではいないと思われます」

3

倉庫の中にコミュータが入ってきて、僕たち四人はそれに乗せられた。日本から来た三人とヴォッシュ博士である。ツェリンは乗らなかった。コミュータのシートが四人用だったからだ。

スロープを上がっていき、屋外へ出た。真っ直ぐの道路を走り始める。コミュータは旧式で透明板の窓だったので、直接外を眺めることができた。深夜のため、道路を往来する車も人もほとんどない。照明が灯っているところさえ少ない。道路沿いの建物はほとんどコンクリート造らしく、二階建てか三階建てが多い。窓に色とりどりの淡い明りが見える。カーテンを閉めているのだろう。

走っていく正面には、タワーのような構造物があって、細かいライトが幾つか点滅している。あの建物は何だろう、と口にすると、コミュータが神殿だと答えた。とても、そうは見えない。アンテナ塔か、展望塔にしか見えない。

「まったく平穏に見えるね」僕がそう言うと、ウグイが無言で頷いた。

後ろのシートのヴォッシュ博士は外を眺めているような姿勢だったが、よく見ると、目を瞑っている。アネバネは横を向いていて、グラス側の目しか見えない。

タワーが少し近くなったが、その手前に、ビルが一つだけあった。ビルといっても、十階くらいしかない。コミュータはその敷地の中に入っていった。森林のように緑豊かな庭園で、その中をカーブしながら上っていく。樹木は、おそらく人工のものだろう。この土地に似つかわしくない。自然に生えるものとは思えなかった。

それがどうやらホテルだった。コミュータがそう説明をしたからだ。どうして、ホテルが必要なのかと僕は不思議に思った。外部からこのナクチュを訪れる者はいないはずだからだ。この区内から中心部を訪れる人がいるのだろうか。僅か千人の人口と聞いているし、そもそも街自体がそれほど大きいはずもない。

ロビィは明るかったが、人の姿はなかった。コミュータを降りたところにロボットが待っていて、そのままエレベータまで導いてくれた。最上階まで上がって、エレベータのドアが開くと、そこにまた別のロボットが待っていた。

エレベータからの通路は短く、ドアは二つしかなかった。一つがヴォッシュ博士の部屋で、そちらへ入っていく彼とここで別れた。もう一つのドアを開けて、僕たち三人が入った。ロボットは入ってこなかった。いつでもお呼び下さいと言って、ドアを閉めた。

非常に広い綺麗なスペースだ。リビングが広く、それ以外にキッチン、ダイニング、そして寝室が四つもあった。これだったら、ここを四人で使えば良かったのではないか、と僕は感じたが、もちろん、ヴォッシュ博士は、そうは思わないかもしれない。

ウグイが、さっそく温かい飲みものを作ってくれて、ソファに腰掛けてそれを飲んだ。正面は大きなガラスだが、開けることはできないようだ。夜景が展開している。ただ、明りは真下に僅かに見えるだけで、遠くは闇の中だった。どこに山があるのかもわからない。星も月も見えない。天気が悪いというよりも霧が出ているようだった。もちろん、包囲しているという反乱軍も認められなかった。

シンポジウムの会場はどうなっているのだろう。それぞれの部屋に戻って、僕たちみたいに寛いでいるだろうか。こちらもむこうも、軍隊に支配されている点では同じだった。大人しくしていれば、いずれは解放されると考えているだろう。しかし、その保証はどちらもないのだ。

ドアがノックされ、ウグイが応じた。ヴォッシュ博士が入ってきた。

「まだ、起きていましたか？」と笑顔できいた。

「どうぞ、こちらへ……」僕は立ち上がって、彼をソファへ招いた。

「時差の関係で眠れそうにない」ヴォッシュは座りながら言った。「君たちは、逆なのでは？」

「いえ、大丈夫です」

ウグイがキッチンへ行き、もう一杯飲みものを作って持ってきた。ヴォッシュは、彼女に頭を下げて礼を言った。日本式の挨拶をしたつもりかもしれない。

「外しましょうか？」ウグイが僕のそばへ来て囁いたので、僕は無言で頷いた。

ウグイとアネバネは、カップを持って、寝室へ入っていく。同じドアの中に消えたので、寝るわけではない。なにか打合わせをするつもりだろう。その二人を、ヴォッシュはずっと目で追っていた。

「長い一日でした」僕はそう言った。

「続きを聞きたい」ヴォッシュはこちらへ向き直り、低い声で呟くように言った。

「いつ会ったのか、ときかれましたね……」僕は、即座に記憶を巻き戻した。「つい最近のことです。ええ、もちろん、それは、矛盾しています。その人は、自分をウォーカロンだと言いました。私は、彼女が何者なのか、そのときは知らなかったのです。あとで、昔の写真を見て、マガタ博士だとわかりました」

「そういうことか……」ヴォッシュは、小さな溜息をついた。残念だ、という表情に見えた。

「突然私の前に現れました。ちょっと仕事に嫌気がさして、無断で研究所を抜け出して、逃避行めいたことをしたときです。何故、私のいる場所がわかったのでしょう。そして、なにもかも知っているようでした。もちろん、例の新仮説についても知っていました」

ここまで聞いて、ヴォッシュはまた真剣な眼差しになる。脚を組み、躰を横へ向けて、片手で顎鬚に触れている。

「実は、彼女が現れる少しまえに、私のところへ、一人の女の子がやってきたのですが、その子の保護者だと最初は名乗りました。さらに、私は、不思議な言葉を、彼女から聞きました」

「不思議な言葉？　どういう意味だね？」

「それは、黒い魔法、赤い魔法、そんな言葉です」

ヴォッシュは、明らかに驚いたようだった。口を開けたままになり、視線をさまよわせた。それから、また唇を湿らせ、片手で見えないボールを摑むようにした。

「その少女の名は、ミチルでは？」彼はそう言った。

今度は僕が驚いた。何だろう、どこでこれがつながるのか、と一瞬にして沢山の可能性を計算した。しかし、思考は発散するばかり。複雑すぎるのか、あるいは、関連が摑めないものが多すぎるのか。

「そうです」僕は答える。「ミチルという名でした」

「君は、魔法の色を知っているのかね？」

「わかりません。しかし……」僕はさらに声を落とした。この部屋は盗聴されているだろうか。でも、そんなことはもう問題ではないように感じた。世紀の大発見を目前にしている気さえしたのだ。「その言葉で、私は命拾いをしたのです。ウォーカロンのテロリストが、それで停止しました。いえ、停止したように見えました。もちろん、偶然だったかもしれません。でも、博士がおっしゃった一連の情報から、あえて類推することも可能です」

「どう類推した？」

「プログラムですね」

「そのとおりだ」ヴォッシュは指を一本立てた。「素晴らしい」

「どう素晴らしいのでしょうか？」

「彼らの頭脳には、ずっと眠っているサブルーチンがある。プログラムの一部で、通常は働いていない。安全装置のようなものかもしれない」

「はい、そう考えました。だとしたら、私が会ったのは、やはりマガタ博士ということになります。ご本人である可能性は、まったくゼロとはいえません。人工細胞の移植技術が完成したのは、まだ最近のことですが、研究レベルでは、それ以前からいろいろな実験が行われていたと思います」

「そう、可能性はゼロではない。私は、百四十年近く以前になるが、マガタ・シキ博士にお目にかかっている」ヴォッシュは言った。

「本当ですか？」

「その当時、それを話しても、誰も信じてくれなかったよ」ヴォッシュはそこで微笑んだ。「そのうち、自分でも、あれは夢だったのか、なにかの錯覚だったのではないか、と思い込もうとした。それに、間違いということもある。誰かに騙(だま)された可能性だってある。しかし、今、君の話を聞いて、やはり真実だったと確信した。ああ……、この歳まで生きていて良かったと、久し振りに感じた。感謝をするよ」

「百四十年まえであれば、マガタ博士は存命中ということですね？」

「いや、それが……、少し、その、矛盾しているのだが、私が会ったのは、そう、若く美しいご婦人だった。そのこと自体が、ありえないことだ。当時は、まだ若返りの医療なんてほんの未熟な段階であって、不老に至っては夢のまた夢の時代だ。それに、ロボットだって、まだ、操(あやつ)り人形と変わらなかった。暗闇でもないかぎり、人間と見間違えるなんてことはありえない。ところが、私の前に突然現れたマガタ博士は、ロボットでもウォーカロンでもなかった。私は、どこかの女優が私を騙したのだと思うことにした。そう考えるしかなかったのだ」

「マガタ博士をご存じだったのですか？」

「それは当然だよ。子供の頃から憧(あこが)れていた。世界中で知らない者はいない。写真も動画もいつでも見られたから、顔もしっかり覚えていたんだ。もっとも、それらは五十年以上まえの映像だった。だが、私の前に現れたのは、子供のときに見たその映像のままの彼女だった。歳を取っていないんだ。まったく、信じられない」

「ありうるとしたら、冷凍睡眠のような技術だったのでしょうか?」

「そう。その可能性がある。その可能性くらいしか思いつかないね」ヴォッシュは上機嫌のようだった。早口になり、幾分若返ったようにも見えた。「もちろん、その技術にしても、動物実験の段階であって、当時確立していたわけではない。死んだ人間を冷凍して、未来で蘇生させる可能性に託す、といった事業があったらしいが、マイナなオカルトでしかなかった。そのうちに、やはり脳細胞への影響が指摘されるようになって研究も下火になった」

「今ならなんなく可能ですね。もっとも、冷凍睡眠をする意味がなくなりましたが」

「私が思うに、当時、マガタ博士は、自分の脳細胞が記憶している大部分を、既にコンピュータにダウンロードしていただろう。そうしたバックアップが可能であれば、リスクのある冷凍睡眠を試すこともできる。そうだったのではないか、と想像しているだけだが」

「どんな話をされたのですか?」僕は身を乗り出していた。

「私はまだ十代の若造で、人よりは多少進級の早い院生だった。博士論文を書いていたときだ。深夜で、大学の研究室に一人残っていた。論文は、遺伝子の分子構造に関するものだ。午前一時を過ぎていて、おそらく建物には私以外誰も残っていなかっただろう。そう、週末、いや、クリスマスのことだ。そんなときに、仕事をしている奴はいない」

ヴォッシュはまたにやりと笑った。「だから、ドアがノックされたとき、飛び上がるほど驚いた。まさか、サンタクロースではあるまいか、とね……。返事をすると、入ってきたのは、背の高い女性で、白いコートだった。そう、外は雪が降っていたんだ。ブーツも白かったけれど、少しも汚れていなかった。すぐ近くまで車で来たんだろうね。しかし、それらしい音はしなかった。静かだったから、車が近くへ来れば音でわかるんだ。私の部屋は二階で、すぐ下が建物の玄関だった。別の入口から来たのか、と考えた。どなたですか、と尋ねると、マガタ・シキと名乗った。しかし、もちろん、私は冗談だと思って笑うしかなかった。なにしろ、知的で、気の利いた冗談だ。彼女は、忙しいところ失礼をして申し訳ない、少しだけお話ししたいことがある、と言った。とにかく、椅子に座ってもらって、すぐ近くで向き合って、話をした。コーヒーを出すと言ったら、それは断られた。顔が似ているだけの、どこかの気まぐれなお嬢さんだと思った。もしかして、少々頭がおかしいのかもしれない。でも、攻撃的ではないし、危険な物を持っているわけでもない。家族が探しているかもしれないから、話を聞いて、どこから来たのか確かめて、できることなら、そこへ電話をした方が良いだろう、などと考えていた。ところが……」

ヴォッシュは、そこで話を切り、目を瞑って、少し考えたようだった。一息入れた、といったところだろう。僕は黙って、話の続きを待った。

「彼女は、まず最初に、こう言った。貴方が三角形だと考えているものは、六角形ではないかしら……。三秒くらいは、何のことかわからなかった。でも、すぐに心の中でヒットした。そして、二秒後には、ホームランだとわかった。そう、それはそのとき書いている論文の核心だった。その発見で、私は有頂天になっていたのだ。けれど、それが三角形だとは文章にはまだ書いていない。どこにも発表していない。誰にも話していなかった。まだデータが不足していて、不鮮明だった。観測データとして確かめられていない。だから、その核心部をまだ私は内緒にしていたのだ。もう少し自分だけのものにしたい、研究の手の内を明かしたくない、という浅ましい考えだったかもしれない。わかるかな？　それだからこそ、彼女の言葉にもうびっくりしてしまった。椅子から落ちそうになったよ。だが、たしかに、六角形の可能性がある、と瞬時に思い至った。それまでは、考えもしなかったことだ。でも、その方が合理的だし、過去の事例とも辻褄が合う。そのために不鮮明だったのだ、とのちのちわかった。次には、三角形だと発表しなくて良かった、とも思ったよ。助かったってね。だが、そのときは、とにかく、彼女がどうしてそんなことを知っているのか、それに驚愕したわけだ。なにしろ、教授にだってまだ話していないことで、世界で自分だけが知っていると認識していた事象の核心だったのだから」

ヴォッシュはまた一休みした。顔はやや紅潮しているが、目は疲れているのか、少し充血しているようだった。しかし、話の調子は変わらなかった。低い声で、ドイツ語風の英語で続けた。

「この不可思議な状況を説明できる唯一の可能性に、私は思い至った。それは、彼女が正真正銘のマガタ・シキ博士だという結論だ。それ以外に考えられない。私は、彼女の論文を手に入るかぎりすべて読んでいた。私以上に彼女の研究を知っている人間はいないと自負していた。初期のものは、情報工学の基礎となった理論で、集積回路や人工知能の構築において飛躍的かつ統括的な業績だった。また、その後のものは、人類の脳細胞、脳波、ニューロン、あるいは遺伝子アルゴリズム、工学的哲学、仮想感情、人工集団心理、そんな多分野に及ぶ。中でも私が一番興味を持ったのは、遺伝子アルゴリズムだ。当時、既に広い分野でこれが適用され、数々の新しい理論の証明ツールになりつつあった。当時の私の研究も例外ではなかった。とにかく、そんな公理のような存在なのだ、マガタ博士の名は……。わかるかな? ガリレイ、ニュートン、アインシュタイン、そしてマガタなのだよ」

「ええ、それはよくわかります。我々研究者ならば、彼女は宗教的な存在です」僕は相槌(あいづち)を打った。

「そう、宗教的だ。まさにそれだ。良い表現だと思う。つまり、神なのだ。その女神が、私の目の前に降臨したというわけだ。それはもう、興奮なんてものではない。躰の震えが止まらないほどだった。その六角形の発想が、その後、そうだね、三十年くらいは、私の研究を支える根幹にあったと思う。私のキャリアは、実に、彼女の一言のおかげなんだ」

ヴォッシュは、そこで大きく溜息をついた。

「ほかに、どんな話をしましたか？」僕は尋ねる。

「舞い上がってしまっていたから、たぶん、半分も覚えていない。言葉が頭に入らない状態になった。パニックだったんだ。でも、そうだね……、いろいろなことを彼女は教えてくれた。たとえば、人間はもっと長生きになる、倍以上生きられると言った。それを聞いて、私は、その医療技術のおかげで彼女がこんなに若々しいのだろうか、と考えてしまった」ヴォッシュは笑った。「私が、博士は今どんな研究をしているのか、と尋ねると、沢山、その一言だったね」

「沢山、ですか」僕も、それで吹き出してしまった。

「たぶん、十分もいなかった。きっと、五分くらいだっただろうね。すっと立ち上がって、帰ります、と言って、ドアから出ていった。こちらは、腰が抜けてしまって、追いかけるどころか、立ち上がることもできなかった。どうして、サインをしてもらわなかったのか、とそれを大いに悔やんだものだ」

「マガタ博士が会いにきたというのは、どうしてなんでしょうか？」

「さあ、わからない」

「ヴォッシュ博士の研究に興味があったからなのではないでしょうか？」

「そうかもしれないが、そんなふうには言わなかったね。ただ、何年もして、なんとなくわかってきた。ああやって、ときどき人類を導いて、軌道修正させて、技術が正しく発展するのを見守っているのではないかとね。君が彼女に会ったのも、きっと、そういう意味合いだと思う」

「え、そうなんですか……。私は、そんな大科学者ではありませんし……」

ハンス・ヴォッシュは、百年ほどまえに、その遺伝子構造の数学的モデルの研究でノーベル賞を受賞している。しかし、マガタ・シキは受賞していない。彼女が犯罪者であり、行方不明になっていたからだ。多くの記録では、アメリカ合衆国の情報機関が匿(かくま)っていたと推察されているが、確かなところはわからない。生死さえも明らかにされていない。今もなお行方不明のままということなのだ。

4

ヴォッシュ博士は、また明日続きを話そうと言って、自室へ戻っていった。ウグイとアネバネが部屋から出てきた。寝ていたわけではなさそうだ。

「聞いていた?」と僕はウグイに尋ねた。

「はい」ウグイは頷く。「でも、聞いていないことにしますので」

僕は、アネバネへ視線を移す。

「私は、聞いていません」彼は答えた。

「相変わらず、通信はできません」ウグイが言う。「ひとまずは、お休みになるのが良いと思いますが、明日はどうしますか？　なにか指示があれば、夜の間に調べて参ります」

「何を調べるの？」

「周辺の状況などです」

「いや、そんな必要はない。二人とも、ここにいてもらった方が安心できる。夜中に外に行かないでほしい」

「わかりました」ウグイは頷いた。

「ゆっくり休んで下さい」僕はアネバネにそう声をかけた。

僕は寝室の一つに入った。ウグイとアネバネがどの部屋を使うのかは、見ていない。軽くシャワーを浴びてから、ベッドに入った。

頭はもう回らなかった。しかし、一つだけ思いついた。ヴォッシュ博士は、ここへ導かれてきたのではないか、と。同じように、僕たちも誰かに導かれたのかもしれない。あの病院で、ロボットがトラックの行き先を教えてくれた。すべてが、誰かの筋書きだとも考えられるではないか。それが誰なのかと考えれば、一人の女性の姿しか思いつかなかった。

僕は、たちまち眠りに落ちてしまった。

目が覚めると、天井が明るかった。照明が自然に灯ったのか、と思ったが、どうも屋外の光を導いているようだ。奥行きのある明るさだったし、微かに揺らめいている。リビングへ出ていくと、既にウグイとアネバネが窓際に立っていた。時刻は七時少しまえだ。五時間くらいは寝られたのではないか。

「寝た？」とウグイにきくと、

「はい」と頷いた。「先生は、いかがですか？」

「シンポジウムに参加するつもりだったのに、頭を使わなくても良くなって、なんだか、リゾートへ来たみたいな感じだね」そう言いながら欠伸が出た。

ウグイとアネバネは、昨日と同じ服装だ。着替えがないのだから当然だろう。僕も、ネクタイを省略した以外は、同じファッションだった。

窓に近づいて、外を眺める。ナクチュの風景が見渡せた。まだ、薄く霧が残っていたものの、かなり遠方まで見渡すことができた。街の規模は、昨夜見たとおり、大きくはない。道路には、既に車が走っている。平坦で、樹木は少なく、建物も低層で屋上が平たいタイプのものばかりだった。ずっと遠くには、一部しか見えないが、城壁のような壁が続いていて、そのさらに外側も、ほとんど平らな地面が広がっている。緑ではなく、灰色と茶色の中間のような地面の色だった。メガネの倍率を上げると、黒い小さな点が幾つかあって、おそらく、それが反乱軍の車両だろう。さらに遠方は霧に霞んでいるけれど、それは低いところだけで、青と白の山々が連なっているのが見えた。影からして太陽がほぼ背後にあるようなので、西を向いているのだろう。昨日来たのはだいたい東からだと思うが、自信はなかった。

「動きはなさそうだね」僕は呟いた。

とても静かだった。爆発音、銃声は聞こえない。あるいは噴煙などもなかった。平穏な風景に見える。

「あそこに、なにか遺跡のようなものが」ウグイが左手を指さした。

そちらへ目をやったが、よく見えない。メガネを調整して、もう一度倍率を上げてみると、ようやく、それがわかった。白い神殿のような建築物だ。小高い丘の上にあり、周囲をやはり白い城壁のような壁が仕切っていた。神殿の奥に塔が建っている。昨夜見たものだろうか。

「何だろうね」僕は言う。「調べてみた?」

「ローカルのネットで調べましたが、わかりません。ここの内部については、ほとんど情報が公開されていないようです」

「まあ、立ち入り禁止なのだから、必要がないのだろうね。もしかして、一般人で中に入れたのは、僕たちが最初なのでは?」

「最近ではそうだと思います。その記録も調べましたが、見つかりませんでした。五十年以上まえであれば、旅行記などが残っていますが」

「クーデターはどうなったんだろう?」

「知る方法がありません」ウグイは答える。

ツェリンにきく以外にないだろう。ラジオの報道が知りたいところだ。

僕たちが起きたことを察知したのか、ノックをして、ロボットがやってきた。食事の用意をします、と告げた。その後、ヴォッシュ博士も姿を見せた。昨日よりもラフなファッションだった。

「基調講演をしなくても良くなった。肩の荷が下りた感じだ。最高にリラックスしている」彼はそう言って笑った。同じようなことを、自分も言ったかな、と思った。

ロボットが、食事を運んできた。果物が多い。飲みものは、ロボットが運んできたポットを受け取り、ウグイがキッチンで用意した。大きな窓から風景を眺めながら、食事をすることになった。

「このまま武力衝突もなく、交渉がまとまってほしいものだね」ヴォッシュが言った。

「そうですね」と応えたものの、交渉がどうまとまるかによって、帰れるかどうかも違ってくるのではないか、と僕は思った。

ドアがノックされ、ツェリンが入ってきた。昨日とはまったく対照的に女性らしい衣装で、民族衣装のようなカラフルなデザインのドレスだった。

「反乱軍は、この地方一帯の独立を望んでいるようです」ツェリンは、ソファに座るとすぐに本題に入った。「我が国の中央政府からその連絡がありました。小さな荷物を送るチューブによる書簡で伝えられてきたそうです。今は、中央政府とは、その連絡方法しかないのですが、おおむね、独立を認める方向だそうです。もし、それでお互いの話し合いがつけば、争いは回避されます。ここナクチュの自治政府もそれを承認するようです」

「それは良い知らせですね。この時代に、社会資本の破壊や、殺し合いをするのは、どう考えても不合理です」

「問題は、そうなったときに、ナクチュがどちらにつくか、ということです。土地はどうだって良いでしょう。住民の処遇です。それが、双方が譲れないところではないかと私は想像します。どちらにとっても、ここの人々は価値を有しているのですから、簡単ではありません」

「少なくとも、ここにいれば安心ではありますね。ミサイルは飛んでこない」僕は言った。でも、ツェリンは笑わなかった。あまり、冗談は言わない方が良いかもしれない、と反省した。

「まだ、いつになるか定まっていませんが、先生方には、ここの区長に会っていただくことになります。たぶん、今日の午後にも……」

「会えるんですか？　直接？」僕は尋ねた。

「はい、私は、そのように伝えました。ウィルス感染は科学的に否定されている、とだけ説明をしました。ただ、それを信じてもらえるかどうかはわかりません。その場合は、大変失礼かと思いますが、間接的なものになります」

「いえ、全然失礼ではない」ヴォッシュが言った。

「私自身が、まだここの人たちと接触することを許可されていません。以前から、調査をしていたので、知合いは多いのですが、このエリアに足を踏み入れたことはありませんでした。昨夜は、記念すべき日になったわけです。何十年振りかで、故郷の地を踏むことができたのですから。でも、実際には、行動はまだ自由ではありません。人と会うことは禁じられていて、直接の接触はできません。すべて、モニタを通じた会談でした。これでは、事実上今までと変わりがありません」

ここで、会話が一旦途切れた。黙って、飲みものを飲み、フルーツを口に入れた。途中でロボットが温かいスープを運んできた。

「ここには、ウォーカロンはいますか?」ヴォッシュがツェリンに尋ねた。

「いいえ」彼女は首をふった。「一人もいないはずです。すべて、先祖代々ここに住んでいる者ばかりです」

「でも、失礼ですが、見た感じでは、貴女は、純粋なアジア民族とは思えない」ヴォッシュが言った。

それには、僕も気づいていた。

「はい、私は、白人の血が混ざっています」ツェリンが言った。

「ここに、白人が住んでいたのですか?」

「そうです。黒人もいます」

「では、この地に昔からいた民族というわけではないのですね」ヴォッシュが質問する。

「はい、そうではありません」

ヴォッシュは頷き、そこで黙ってしまった。なにか考えている様子だった。

「ウォーカロンのメーカの本拠地は、この近くですか?」僕は別の質問をした。

「近くというのか、二百キロほど離れていますね。シンポジウムの会場の方が近いといえます」

「反乱軍の要求が通って、独立をした場合は、そこが拠点になるのですか?」

「私にはわかりませんが、おそらくそうでしょう。反乱軍のバックにはそのメーカがいることは確かです。少なくとも経済的なバックアップはまちがいなくしています。全部で十二くらいの大小の国際メーカがグループになっています。全体の名称は、WHITEといって、ホワイトと呼ばれています。その近辺に人口も集中しているので、中心になるのではないかと考えます」

頭の中で、その頭文字に当てはまる言葉を探した。

「そこのトップは?」

「いえ、知りません。表に出てくるような人物はいません。私たちの印象では、地下深く暗躍している感じですね。実際にも、砂漠地帯の地下に工場があって、まったく存在がわからないのです。十キロほど手前に、トンネルの入口があります。メーカの関係者以外、一般人が行けるのはそこまでです。そのトンネルの入口が、人工オアシスの公園になっていて、ちょっとした観光地ですが、トンネルを出入りできるのは、そこのメーカの車両だけなんです」

5

午前中は、時間を持て余すことになった。それは、ツェリンも同じで、つまり、外部から新たな情報が入ってくるか、あるいは、このナクチュ特区の政府が僕たちに対してなんらかの判断を下すか、いずれかを待つ以外になくなった。

ツェリンは、いつも調査で利用しているドローンを飛ばし、その映像を部屋のモニタで見られるようにしてくれた。このドローンは、マイクとカメラを吊り下げた状態で数十メートル下までワイヤを伸ばすことができるため、上空にいながら、街の人と話もできる。飛行に必要な動力の音や振動を遠ざけることが主目的だ。

街の道路沿いに進み、賑やかな市場を見せてくれた。露店が幾らか並び、ちらほらと人が歩いている、というのがこの街の「賑やかさ」なのである。しかし、なによりも驚いたのは、子供を連れた若い母親が多いことだった。手をつないで歩いている姿もあれば、胸の前に布で赤子をぶら下げている光景も見られた。同様のスタイルのまま、品物を売っている者もいる。もちろん、老若男女の買い物客が行き来し、多くの荷物を背中に背負ったり、荷車に載せて運んだりしている。こんな光景は映画でしか見たことがない。また、ツェリンが話していたように、いろいろな人種がいることもわかった。映像だけでは、観光客に見えてしまう。

今の時代、赤子を街で見かけることはほとんどない。日本ではそうだ。子供ならば、ウォーカロンの集団が街に見学に訪れることはあるけれど、それでも、毎日見られるものではない。また、多くの国で、既に学校というものはほぼ消滅している。子供が少数ながらまだいた時代であっても、教育はそれぞれの自宅で行われるようになっていたはずだ。市場で見かける子供たちは、いずれも赤子か幼児だった。学校へ上がるまえの年齢なのだろう。

「では、次は学校をお見せしましょうか」ツェリンが言った。

ドローンは、一旦高く上昇した。否、そうではなく、カメラとマイクがドローンまで引き上げられたのだろう。音が静かになったのは、動力音を拾わないための配慮にちがいない。

市場の隣が、広いグラウンドで、観客席のシートらしきものも数列あった。まだ時間が早いためか、人はほとんどいない。整備をしている者が数人いるだけだった。さらに、その隣にもう一つ広いグラウンドがあって、子供たちが何人もボールを追いかけて走っているところだった。僕は彼らが遊んでいるのだと思ったが、ツェリンが言うには、これは学校の科目であって、授業の一環だという。

学校の建物にも接近した。窓の中に大勢の子供がいるようだ。つまり、外で運動をしているのは、一部の子供だったのだ。人数を尋ねてみたが、ツェリンは、正確な数はわからないが、百人以上はいるだろう、と答えた。

子供たちのこうした姿は、もちろん知らないわけではない。歴史的な映像として残っているものは多い。一世紀まえならば、今ほど珍しくなかったし、二世紀まえなら、どこにでもある普通の光景だっただろう。世界中がそうだったのだ。ただ、この地だけが、タイムスリップしたように昔のまま残っている。当時の状態を、つまり人口分布を維持している、というわけである。

その次は、池の上を飛び、田や畑が広がる風景になった。少し離れるだけで、このような農村になる。大型のトラクタがゆっくりと動いていた。それから、工場のような建物が見えてきた。それは、工場ではなく、家畜を飼うための施設らしい。ここには、大きな工場はなく、ちょっとした修理をする町工場が二、三ある程度で、工業製品を生産する能力はないらしい。つまり、乗り物もロボットも、すべて外部から入ってくるのだ。その交換としてエネルギィを売る、という経済なのである。

「発電所はどこですか？」僕はツェリンに尋ねた。

「あ、それは、私も詳しくは知らないのですが、地下にある施設だそうです」ツェリンは言った。「なんでも、ずいぶん以前から稼働していて、もともとは外国の資本で作られたものだとか」

映像では、丘の上の神殿に向かって飛んでいるようだった。

「あ、窓から見える、あそこですね」僕は指をさした。ソファに座っているため、直接は見えないが、目立った建物なので、ここでは有名な場所なのだろう。

「百数十年の歴史があるものです」ツェリンが言った。

「あ、そんなに新しいのですか。もっと何百年もまえの古い遺跡かと思いました」

「この神殿の庭園は、ナクチュの住民なら誰でも自由に入ることができる公共の場です。教会として建てられたものだそうですが、現在は教会ではありません。ここには、宗教的な建物はありません。宗教がないともいえます。日本に近いですね。すべての自然を神様と見なします」

「仏教でもないのですか？」

ドローンがその神殿へ接近し、ほぼ真上に近いところへ来た。建物の平面系は十字架の形で、その交差点近くに高い塔が建っている。どれくらいの高さかわからないが、五十メートルくらいだろうか。

「ここで、小さいときに私も遊んだことがあります。ただ……」そこでツェリンはくすっと笑った。「建物の中には魔物がいると言われているので、子供たちは怖がって中には入らないのです。外で遊んでいるだけならば、魔物は出てきません」

「そうやって、子供を脅かして、中に入れないようにしているのですね」僕は言った。

「いえ、でも……」ツェリンは首をふった。「きっとそうだと思って、中に入った子もいるんです。それで、本当に魔物がいて、必死に逃げ出したって、そんな話も聞きました。つい最近、ここで遊んでいる子供にインタビューをしたんですけれど、今でも、その神話は健在でした。誰も……、子供だけではなく、大人も、中には入らないそうです」

「誰も入らなかったら、掃除をする人がいないわけですから、荒れ放題ということですね。歴史的建造物を保存しようといった考えは、ここではどうなんですか?」

「ありませんね」微笑みながら、ツェリンは首をふる。「そんなに豊かではありません。少なくとも、ナクチュの人たちは自分たちが豊かだとは思っていません。貧しくても、食べて、寝ることができれば充分で、それが人間の幸せだと教えられているのです」

「そうですか、それは羨ましい。貴女もそう考えているのですね？」

「どうでしょうか。あまり自信をもってお答えできません」ツェリンは苦笑した。「私は、カナダや日本で長く暮らしました。一度ああいった文明の便利さが躰に染み込んでしまうと、素直には戻れない、というのが正直なところです」

ツェリンのその言葉には、深い切実さが潜んでいるように感じた。人工細胞のことを、便利さが躰に染み込んだ、と表現しているのだ。

「今でも、私はここの住人ではありません」彼女は続ける。「公務員として、ラサ・シティに住んでいます。高層のマンションで暮らしているのです。ただ、ときどき、ここでの質素な生活に触れて、昔を思い出します。それは、ええ、私の中でまったく消え去ってしまったわけではなく、うーん、単なる懐かしさでもありませんね。どことなく、引っ掛かりがあるというのでしょうか。迷っている自分が、まだいるといった感覚です」

「研究に没頭していると、人間の生活というものから、遠く離れてしまうものです」ヴォッシュが言った。「まるで、宇宙船に乗っているみたいにね」

それは、僕もよく考えるところだった。何十年も、同じ環境で、同じような対象に熱中してきた。昔だったら、とっくに死んでいる年齢になっても、今は生きていられる。まるで、生かされているように感じるのだ。自分は、遠い天体へ送られるために、長い命を与えられているにすぎない。つまり、単なる装置として生かされている。そんな幻想にときどき襲われるのである。

これほど、長い寿命を持ったことは人類の歴史にはもちろんなかった。人間の精神がこれをどう処理するのか、という点が、多くの学者の関心事でもある。

ヴォッシュ博士は、僕の倍以上の年月を生きている。まだ健康だし、精神もしっかりしている。記憶も衰えていないようだ。そういった先人の姿を見ることは、確実に一つの安堵といえる。しかし、ヴォッシュ博士くらいの年齢の人は、先人がいるわけではない。未知の領域へ向かうフロンティア世代なのだ。おそらく、底知れない不安に襲われるときがあるのだろう。そういう例を、幾つか耳にしたことがある。すなわち、人類のインテリジェンスの時間的限界とはどの程度か、精神はどれくらいまで崩壊せずに耐えられるのか、という問題だ。

ツェリンのドローン・ツアーは一時間ほどで終わった。エリアの端を飛んだときに、その外側に待機している軍隊の車両、そして兵士たちをかなり鮮明に見ることができた。草原といえるほども植物はなく、ほとんど荒野に近い土地が広がっているが、そこを整備して、航空機の発着場らしきものを作ろうとしているのか、土木重機が動いている場面も観察することができた。ここを包囲している軍隊のほんの一部だろう。

いずれにしても、もしこれらの兵器が、ナクチュの内側に向けられたら、あっという間に、ここは全滅する。世界でも珍しい貴重な民族が、消滅してしまうのだ。ここには、それを防御するような兵力がない。

子供の価値、子供が生まれる価値、それに、電力を産み出す価値。それらの価値が、反乱を指揮する者にとっても、貴重なものであることを祈るしかない。

今はなにもできない。僕たちは、無力だ。もともと、この国の人間ではないし、それに、個人の力が及ぶ問題でもない。こういった政治的な争いになるごとに、科学者は肩を竦める以外にないのが常だ。科学が未来を作る、人類を救う、というのは繰り返し耳にするフレーズだけれど、問題に直面したときには、情けないことに下を向いてしまう。科学者とは、そういうものなのだろうか。

6

お昼頃に、事態は急転した。

突然、破裂音が響き、遠くで白煙が立ち上がった。その後も、斜めに煙が幾筋も伸び、音も光も続いた。ナクチュの中ではない。外側にいる軍隊の異変だった。

ちょうどツェリンが出ていったあとだったので、僕たち四人はリビングの大きなガラス越しに、それらを見ることになったが、音が聞こえても、見える範囲にそれらしい変化がない場合が多く、むしろ戦闘は見えない方向、つまり、ナクチュ特区のゲート側ではないか、と思われた。

いずれの場合も、揺れるほどの衝撃はなく、爆発との距離が感じられる。高いところから、光の玉のようなものが、相当なスピードで連続して地面へ斜めに突っ込むようなシーンも見られ、この場合もそのあと破裂音が聞こえてくる。逆に、地上から発射される光もあった。オレンジ色か黄色に近い輝きだった。

「反乱軍が、空から攻撃されているようですね」ウグイが言った。

「ツェリンのドローンで確かめてみたいところだけど……」僕は言った。かなり不謹慎な発言だと思ったので、常識的なフォローを試みた。「このエリアの人は大丈夫だろうか」

見える範囲では、街の様子は変わっていない。道路を動いている車が見える。人も見える。メガネの倍率を上げてみると、大勢が建物の外に出て、空を見上げているような光景もあった。

少し遅れて、サイレンが鳴り始めた。どこで鳴っているのかはわからないが、建物の外のように感じた。どんな意味のサイレンかも、わからない。少なくとも、室内では、それらしいアラームもなかった。

五分ほどしてドアがノックされ、アネバネが開けると、ツェリンが入ってきた。歩行型のロボットを伴っている。

「中央政府軍が反乱軍に対して攻撃を開始しました」ツェリンは言った。「このエリア内への攻撃はないものと予想されますが、念のために、地下へ避難をお願いしたいと思います」

「流れ弾が飛んでくるということですか？」僕は尋ねた。

「反乱軍が劣勢になった場合に、危険があります。特に、高い建物は標的になる可能性があります」

それを聞いて、僕たちは急いで部屋を出た。

エレベータでロビィまで下がり、通路を進んだ。ロータリィに、中型のコミュータが待っていた。ロボットも含めて、六人が乗り込み、すぐに発車した。屋外へ出ると、散発的に聞こえる爆音もより大きく感じられた。空まで高く上がる白煙も方々に見える。しかし、見渡した範囲では、飛行している物体は認められなかった。既に飛び去ったのか、あるいはさらに高い高度なのかもしれない。

「さっき、サイレンみたいなものが鳴っていましたが、あれは？」僕はツェリンに尋ねた。

「避難指示です。頑丈な建物の地下か、あるいは公共のシェルタに入るように、ということです」

しかし、少ないとはいえ、まだ道路に車は走っているし、歩道を歩いている人々も見受けられた。

「エリア内には攻撃がないものと、みんなも考えているようですね」

「ええ、それはあるかと思います。しかし、反乱軍が劣勢になれば、この中に入ってくる可能性はあります。ここなら攻撃されないという理由で」

「政府軍としても、そこまで追いつめるほど徹底的な攻撃はしないのでは？」

そんな話をしているうちに、神殿の丘が見えてきた。さきほど、ドローンの映像で見たときは上空からだったが、見上げる角度だと、非常にボリュームが大きく、特に奥の塔が高く見えた。

車は、大通りから右へ逸れて、地下へ入った。ちょうど、神殿の丘の手前で入り込んだようだった。

「こちらに、シェルタがあるのです」ツェリンは言った。「長く建設を進めているもので、まだ、設備が完成していないのですが、奥には、全住民を収容できるスペースもあります。そのほか、非常時に自治政府関係者が集合する部屋もあります」

「では、今そういった方が集まっているのですか？」

「はい。しかし、まだ、先生たちとの接触については、判断が下っていません。シェルタの一室だけを使っていただくことになります」

「いろいろ、ご迷惑をかけているようですね」

「とんでもない」ツェリンは首をふった。

コミュータを降り、小さな鋼鉄製のドアを開けて入った。すぐにまた重そうなドアがある。二重になっているのだ。簡易なベッドが六つ並んでいる部屋に案内された。ロッカのような家具があるだけで、シンプルなインテリアと質素な内装だった。ホテルの部屋とは大違いだ。

「申し訳ありません。こんな場所で」ツェリンが頭を下げる。

「お心遣い(こころづか)いに感謝をします」ヴォッシュが言った。

「私は、また、会議に戻らなければなりません。お食事などは、ロボットが用意をします。私を呼びたいときも、ロボットに指示をして下さい」

「この部屋から出てはいけない、ということですね?」僕は確認した。

「本当に申し訳ありません。通路へ出ることはけっこうですが、ほかのドアは施錠されています。こんな失礼な状態は、すぐに解消すると思います。もうしばらくお待ち下さい、私が説得をします」

「無理のないように。まったく不満はありませんから」僕は彼女に微笑んでみせた。

ツェリンが出ていって、ロボットが持ってきたランチを食べた。あまり食欲が湧(わ)かなかった。朝から、ずっと部屋にいたからだ。

外の風景も見えなくなった。今は爆音も聞こえない。せめてラジオくらい置いていってくれれば良かったかもしれない。ウグイは壁にもたれて立っている。アネバネはドアの近くで腕組みをして立っている。ドアの方を向いているので、表情はわからないが、ほとんど表情を変えない人間なので、そのままだろう。

僕とヴォッシュは、部屋の奥でベッドに腰掛けて、向き合っていた。

「昔は、こういった場合には、チェスというゲームをやったものだ。知っているかね?」ヴォッシュは言った。

「知っています。いえ、名称だけです。ルールは知りません」僕は答えた。

「若い頃に、熱心に取り組んだ。しかし、その当時でも、既に人間よりもロボットの方が強かった。レベルを下げてもらわないと相手にならない」

「本来は、人間どうしで対戦するものではありませんか?」

「もちろん、そうだったが、やる人間が少なくなってね……。それというのも、機械に負けるなんて気分が悪いからだった。人間は、そういったプライドを持っている。機械は自分たちが作ったものだ。そんなものに負けるなんて不愉快だってね」

「しかし、子供だって、自分から生まれたものです。子供が成長して、自分よりも立派になることは、親として嬉しいのではないでしょうか。もちろん、私には体験がありません。そういう物語をフィクションとして知っているだけですが」

「私も、子供はいないが、しかし、その気持ちはわかるよ。父がそういうことを言っていたからだ」

「ああ、そうですね、そういえば……。具体的にどんな気持ちなんでしょうか? ツェリン博士は、ご子息がカナダにいると話していました。それを聞いたときに、私は不思議な気持ちになりました」

「不思議な気持ちね……、そうだね、言葉にすると、つまり、そのとおりのことなんだろうね」

「どういうことですか？」

「自分の子供を持つことは、つまり、不思議な気持ちなんだ。そうじゃないかね？」

「わかりません」僕は微笑んで首をふった。

「まあ、ツェリン博士の意見を聞くと良い。だいぶ違うだろう。彼女は子供を産んだのだからね。そんな状況は、君たちは想像もできないだろう？」ヴォッシュは、振り返って、ウグイとアネバネを見た。

ウグイは、目を上に向け、軽く首を傾げただけの反応だった。アネバネはこちらを見ていない。話は聞いているだろうが、反応はなかった。ヴォッシュは、アネバネを女性だと認識しているのだろう。僕は、どちらともいえない。ウグイは、たぶん知らない振りをしているだけではないか。しかし、そういえば、子供を産むのは女性なのだ、ということを思い出した。現代の女性には、その意識はないはずだ。

「子供を持つと、母親は特別な状態になる。本能的な衝動だ。子供の感情に自分を重ね合わせようとする。子供を守ろうとする。あるときは、自分の命を懸けて子供を守る」

「そうなんですか。私が知っている情報では、子供よりは自分の身を守ることを優先するとありました。子供が犠牲になっても、また自分は産むことができる、と考えるのだと」

「そう、自然界にはそういった種もいる。人間もさまざまで、子供を守らない母親も存在した。生き物というのは、人が設計して作ったものではない。とにかく、性能的にも機能的にもばらついている。それが特徴だね」

「その不思議な気持ちというのを、もう少し話していただけませんか」

「ずいぶんまえのことだから、もうほとんど忘れてしまった。私の姉は、事故で亡くなってしまった。百五十年もまえのことだ。そのときは、私の両親は大変なショックを受けた。自分が死んだ方がましだと言った。つまり、そう思うこと自体が不思議だ。愛情というものだが、現代の人間には、非常に理解しにくいものの一つだ」

「ええ、それは、よく話題になりますね。何種類かの愛情のタイプがあるとも」

「子供を持つことは、どう言うのだろう……、自分が生き延びられるという感覚に近いものだろうね。かつては、人間の寿命はごく短期間に限られていた。もうすぐ自分は消滅してしまうことをみんなが意識していた。それは、大きな恐怖だ。ここナクチュの人たちも、おそらくその恐怖とともに生きている。それが、生き物として普通のことだった。どんな動物も、必ず死んでしまう。まだ、人間の寿命は比較的長い方だ。そして、誰もが、身内の死や、動物の死を、ただ見守るしかなかったんだ。そう、それ以前の宗教というのは、死んだあとに人間の魂、つまり精神というか、意識というか、そういったものがどうなるのかを説いた。たとえ生きているうちに苦労が絶えなくても、死んだのちに幸せが訪れる、と教える宗教もあった。そして、死んでいった先祖を祀って、神のように崇めた。したがって、自分も死んだら、生きている者からそのように扱われる、と誰もが自然に考える。そして、そのときに、自分を祀ってくれる者たちを想像したわけだ。それが、心の平安をもたらす。死の恐怖を遠ざける。子孫というものは、そういう意味で、自分の未来そのものだったんだ」

「理屈としては、ええ、わかりますが、しかし、そういう気持ちになる、いえ、なる人もいるでしょうけれど、みんながみんな、そうだったのかな、という気がします」

「大方が、そうだったと思って良い。これが不思議なくらい、そうだった。人間というのは、ばらついているようで似通ってもいる。そして、寿命が短く、子供が生まれてくる社会では、特に画一的になりがちだった。ようするに、自分というものを見つめる時間的な余裕がなかったのが原因ともいえるね。寿命が長くなるにしたがって、人間は自由に考えるようになった。価値観の幅も広くなった。今回のこともそうだが、殺し合ったり、争ったりするのも、やはり、寿命が短い社会の方が顕著だった。それは歴史的に証明されていることだ」

「しかし、ここのように、平和を保っている民族もいます」

「このナクチュは、極めて特殊だね。なにしろ、ここの住人たちは、現在の社会がどんな状況にあるのかを知っている。ここ以外では、子供が生まれないこと、そのかわり、永遠に近い命が実現されていることを知っているんだ。それでも、自分たちのシステムを守ろうとしている」

「おそらく、一度染まれば、元に戻れないことも知っているからでしょう。それから、永遠の命といっても、ある程度の富が必要です。経済力がなければ、中途半端(ちゅうとはんぱ)なものしか手に入りません。その点も、おそらく情報として伝わっているのでしょう。この国は、日本やドイツと比べればはるかに貧しい。それが、ここが残った理由ではないでしょうか」

「同感だね」ヴォッシュは頷いた。「それから、公にはなっていないが、ここの人口が減っているのは、流出しているからだろう。外へ出ていく者を止めることはできない。噂を聞いて、永遠の命に憧れて出ていくのではないかな。ツェリン博士だって、そうだったのかもしれない」

「彼女の場合は、どうでしょう。単に、都会の文明というか、人類の発展を体験してみたかったのでは？　そんな気がしますが」

話が一段落したところで、ヴォッシュはベッドの上に足をのせて、ちょっと休むことにするよ、と言って横になり、目を瞑った。昼寝をするつもりのようだ。僕は場所を移動し、ウグイの近くへ行った。ここには、椅子というものがない。しかたがないので、また近くの別のベッドに腰を下ろした。

「通信は回復しない?」彼女にきいた。

「変わりありません」

「戦闘は、今は止んでいるようだね。単なる小競り合いといったところかな。政府軍といっても、たぶん無人機だろう。通信を回復してもらいたいな」

「ええ」ウグイは頷いた。

今頃、日本の当局が心配しているだろう。

「アナログの通信設備があるという話はどうなったのでしょう?」ウグイが言った。

「そんな話だったね。それどころではないのだろう。あるいは、もうそれを使って、中央政府側と連絡を取り合っているのかもしれない。アナログ通信では、どのみち日本までは届かない。通信衛星が対応しない」

「そうなんですか……」ウグイは小さく頷いた。彼女はアナログ通信の意味もわからないだろう、と僕は想像した。僕だって、子供の頃の工作で経験があるだけだった。

7

夕方に、このナクチュの区長に面会することが叶った。ツェリンが説得に成功したということだ。ツェリンが笑顔でそれを知らせにきて、僕とヴォッシュの二人だけが、彼女についていった。ウグイは抵抗したが、それは僕が説得した。

同じ地下施設にいるらしく、少々薄暗い通路を奥へ歩いた。途中で、二つシャッタがあって、二つめのものは、挟まれたらひとたまりもない、プレス機のような重厚なものだった。

通路が明るい場所が近づいてきた。右手にガラス張りの部屋があって、その床が光っている。その明りのためだった。ガラスのドアをツェリンが開けて、その部屋に入るよう案内する。黄色とオレンジのストライプのソファのセットが置かれていた。十人くらいは座れそうなビッグサイズで、中央の丸いテーブルを囲むようにリング形になっている。

そこで待っていると、通路を白い服装の女性が歩いてきた。ツェリンよりも若く見える。髪が長く、頭に銀のリングをのせていた。その女性が一人で来たため、最初は、なにかのサービスをする係だと思った。しかし、部屋に入ってきたとき、ツェリンが立ち上がって、彼女を区長のカンマパだと紹介した。驚いている暇はなく、僕とヴォッシュは慌てて立ち上がり、お辞儀をした。握手は求められなかった。その習慣がないのか、あるいは触れることを避けたのか、いずれかだろう。

カンマパは、白い布を躰に巻いた民族衣裳で、サンダルを履いている。腕は片方しか見えないが、手首にも多数のリングがあった。ツェリンが丁寧に、二人の異邦人を紹介し、そのあと、カンマパが、お会いできて光栄です、と頭を下げた。僕たちも、同じようにまたお辞儀をした。このような若い人物が、ここの指導者なのだろうか、と不思議なままだったが、ツェリンはその説明をしてくれない。ほかの場所ならばともかく、ナクチュの人々は人工細胞を拒絶しているのだから、若返りの医療措置はできないはずだ。しかし、若いリーダがここでは普通なのかもしれない。失礼になるので、事情をきくわけにもいかないだろう。

「中央政府とは、部分的な連絡しか取れていません。さきほどあった戦闘は、今は収まっているようです。このような騒がしさは、この地には無縁のものだと思っておりました。とても残念なことです。ナクチュに対して悪い印象を持たれないようにと祈っております」カンマパは滑らかな口調の英語だった。「また、ツェリンから聞いて、こちらも本当に驚いております。外部の一般の方と接触することを、この区域では禁じておりました。中央政府もその方針でした。今も、おそらくそれは変わっていないでしょう。ただ、世界的権威の両博士が保証をする科学的真実であると伺いました。それで、まず代表の私がお会いする決断をしたのです。この理解で、まちがいないでしょうか?」

「はい、まちがいありません」ヴォッシュが答えた。「勇気のある決断に敬服いたします」

「人間でも、ウォーカロンでも、感染の心配はない、ということですね?」

「そうです」ヴォッシュは頷く。「生殖機能が失われる理由は、唯一、汚れのない新細胞を体内に入れることです。移植や、あるいは輸血によって、それは成されます」

「そのような研究成果は、まだ発表されていないように見受けられますが」

「はい。まだ、専門家の間でわかった段階なので、広く発表はされていません。対策もないまま発表すれば、世界中でパニックになるでしょう」

「そうですか。今は、その言葉を信じることにいたします。しかし、もしその情報が外部に漏れると、現在の戦闘に影響が出ることが予想されます。彼らが、ここへ侵攻しないのは、奪いたい宝を灰にしたくないからです」カンマパはそう言うと、一瞬だけ僕の方へ視線を向けた。

「はい。そう理解しております。内密にされた方がよろしいでしょう」ヴォッシュは言った。

「あの、すみません、私の意見を述べてもよろしいでしょうか」僕は話す決心をした。

「ハギリ博士、ご意見をお聞きしたいと思います」カンマパがこちらを向いた。青い瞳であることに気づいた。顔立ちはインドか中東辺りの感じだった。見たままの年齢だとすれば、まだ二十代なのではないか。

「私は、反乱軍は、既にその情報を知っているものと考えています」僕は言った。「後ろ盾(だて)となっているウォーカロン・メーカが、このような重大な情報をまだ知らないとは考えられません」

「それならば、何故、素手で宝物を奪いにこないのでしょうか？　灰にならないことがわかっているなら、躊躇はしないはずです」

「はい。それはつまり、知っていることを隠しているからです」僕は答えた。「簡単に、ここへ侵攻してしまっては、新仮説を知っていることがばれてしまう、と考えているのです。ですから、外で待機をして、なんらかの交渉をしていると見せかけている。こちらに、具体的な交渉条件が伝えられましたか？」

「はっきりとは申し上げられませんが……」カンマパは目を細めて言った。「私の認識では、具体的なことはなにも言ってきていません。現状はそう評価されます」

「時間を稼げば、中央政府軍が攻撃をしてきます。しかし、大規模な空爆はできません。大事なナクチュがあるからです。しかし、反乱軍は、中央政府軍の攻撃があり、しかたなく、ナクチュへ入り、しかたなく素手で宝を奪った、というストーリィにしたいのです。中央政府軍は、それでは宝が灰になると受け取って、反乱軍を誹謗するでしょう。しかし、宝は灰にはならない。そういったわけです」

　僕の話を聞き終わると、カンマパはツェリンを見た。彼女の意見を求めたようだ。

「ハギリ博士の推測は、可能性が高いと私も思います」ツェリンは答える。

「私も、今聞いて、なるほどと思いました」ヴォッシュも言った。「そうならなければ良いが、対策を考えておいた方が賢明でしょう」

「残念ながら、有効な対策はありません」カンマパは首をふった。「私たちは、武器を持ちません。それに、抵抗することは、同胞の掛け替えのない命を失う結果になります」

「内部に侵攻してきても、殺されることはないでしょう」僕は意見を述べた。「ただ、捕えられるだけです。ひとまずは、生きていられます」

「しかし、囚われの身となれば、自由はなくなります。生活は消えてしまいます。どんな辛い目に遭うのかわかりません。そんな状況に同胞を晒すわけにはいきません」カンマパは冷静な抑制された口調だった。けっして感情的な声の響きではない。「それに、捕えられれば、再び戻ることはできないでしょう。彼らは、私たちの命が欲しいのではありません。ただ、細胞が欲しい、あるいは、生まれてくる子が欲しい。そうではありませんか?」

「はい、そうだと思います」ツェリンが頷いた。

「そのような屈辱に、皆は耐えられないでしょう。捕えられるくらいならば、自決の道を選ぶのではないか、と思います。すなわち、自らを灰にする覚悟で交渉に臨むしかありません。私たちには、その選択しかないのではないでしょうか。きっと、皆も賛同してくれるものと思います」

僕も、それは考えていたところだ。自らの喉に刀を突きつける。最後の武器はそれしかない。敵も、生きた宝が目当てなのだから、みすみす灰にはさせないだろう。

通路に人が現れた。若い男だった。奥から走ってきたようで、慌てている。カンマパが立ち上がって、ドアへ行く。男はドアを開けて、彼女に耳打ちをした。

「わかりました。至急、皆をこちらへ集めて下さい」

「どのレベルでですか？」

「全員を」

「え、でも……」

「行きなさい」

男は頷いて、走り去った。

カンマパは、僕たちの方へ戻ってきた。しかし、ソファには座らず、立ったままで言った。

「ハギリ博士のおっしゃった事態になりそうです。正面ゲートを破壊して、反乱軍が侵入してきました。私は戻らなければなりません。失礼いたします」

「ここへ、大勢を集めるのですか？」僕は尋ねた。

しかし、カンマパは、軽く頭を下げて、通路へ出ていった。

複数のサイレンが、断続的に鳴り始めた。

第4章　一連の伝承　Sequence of legend

「止めることなんか、できないよ」

と言う少年の、灰色の眼は穏やかで美しい。

「おまえ、リヴィエラの眼だな」

とケイスが言う。

白い歯が輝き、長いピンクの歯ぐきが見えて、

「狂気は抜きにして、ね。ぼくにとって綺麗な眼だったから」

と肩をすくめ、

「きみと話をするのに仮面はいらない。兄弟分と違って、ね。ぼくは自分の人格を創るんだ。人格こそぼくの媒体さ」

1

ツェリンも出ていってしまった。なにか、気がかりなことがあるか、それとも役目があってのことだろう。ガラス張りの部屋に、僕とヴォッシュの二人が残された。

通路を走る人間を沢山見た。誰も、この標本のような部屋に注意を払わなかった。それで、時間が十分ほど経った頃、地響きがあって、大きな振動が襲った。地上でなにか爆発したのではないか。

「シンポジウム会場のみんなは大丈夫だろうか、と心配していましたが、結局、こちらも同じことになりそうですね」僕は立ち上がっていた。

「まあ、落ち着きなさい。ハギリ博士」ヴォッシュはそう言って、僕の手に触れた。

「そうですね……」僕は座り直し、溜息をついた。

今も、通路を大勢が走っていく。なにかに似ているな、と思ったが、そうだ、水族館だ。僕が見た水族館の魚はみんな人工のものだったが、今、僕が見ているのは、正真正銘、本来の人間、まだ、人工細胞の混ざっていない生粋(きっすい)の原種なのだ。世にも珍しい珍種を、こんなに一度に沢山見ることができるなんて、想像もしなかった。シンポジウムよりも有意義だ。

「君は、なかなか面白い人物だ」ヴォッシュが言った。

「どういう意味でしょうか?」僕はきいた。

「いや、他意はない。興味深い。あれこれと深く考えてしまう質だね?」

「ええ、そうかもしれません」

「私もそうだ。いや、かつては、そうだった。この頃は、考えることが面倒になってしまった。やはり、老化しているように思う。頭脳細胞が新しくても、老化はありえるということだ。ハードではなくソフト、あるいはデータの問題だ。どう思うね？」

「考えてみたいテーマですね」

「安全装置の話をしただろう？どんなメカニズムにも、人間が作ったものであれば、必ずそれがある。そもそも、人間はミスを犯しやすい。自分の不完全さをよくわきまえているんだ。どんなに慎重を期しても、事故は起こる。同様に、どんなに予想をしても、それを超える事態になる。安全装置は、予期しないエラーによる暴走を止めるためのものだ。電源のケーブルを引きちぎることだって、立派な安全装置だ。もちろん、あらゆる武器にも当てはまる。最終的には、あるコードによって、どんなミサイルも自爆するようになっているはずだ。間違ってボタンを押してしまったときのためだ」

「そういう話を聞きますね。今でもそうなんでしょうか？この頃では、人間がボタンを押すような危ない設定にはなっていないと思いますが」

「危険性の度合いが問題なのではない。復帰の道への保障が、人間の安心を導くということだ」

「なるほど、それは、納得ができます」

「おそらく、今からここへ攻め込んでくる軍隊の大部分は、ウォーカロンよりも低級なものだろう。何故なら、君が言ったような戦略はあるにせよ、やはり、一抹の不安が下部組織にはあるはず。兵士にとっても、人間であれウォーカロンであれ、思考する者ならば、抵抗を感じるはずだからだ。新仮説は、あまりにも複雑で、直感的に正しさを感じられるのは、我々のようなマニアックな科学者だけだ。一般人には、まだ証明されていない得体の知れないただの新説にすぎない。普通の頭脳というものは、なかなか新しい発想を受け入れないものだ」

「では、戦闘要員は、ロボットだということですか？」

「田舎(いなか)の軍隊は、単なる歩行機械ではないにしても、一世代まえのものだ。メカニズムとコンピュータで作動する初期型だ。本来、ウォーカロンはそういうものだった。百年まえには、既に世界中に普及していた。今どきは、ほとんど見なくなったが、しかし、それは日本やドイツでの話だ。ここには、沢山いるだろうね。メーカの工場がある以上、中古品の在庫が集まってくるはずだ。技術が盗まれるのを案じて、そういったものは払い下げをしない。チップが重要なんだ。溶かしてしまうか、あるいは、さらにチップを加えてリサイクルするか」

「軍隊でリサイクルされているのですか？」

「それは、世界条例で禁止されている。しかし、そんなものが守られるはずがない。そもそも、禁止されるほど、横行しているということだ。戦争をする立場の頭脳には、合理ほど正しいものはない。生きたウォーカロンは、コストがかかっている。旧型ならば一桁(けた)安い。しかも、兵器としてのスペックはむしろ高い。コストパフォーマンスで選ぶなら、当然用いられることになる。合理だろう？」

「そうですね。機械ならば、言い訳が立つ。ウィルス感染の心配はない。ナクチュの宝物に手を出すならば、セラミック製の手を使えば良い。少なくとも、そう見せかける」

「そういうことだ」ヴォッシュは頷いた。「さて、何故こんな話をしたか、君はわかるかね？」

僕は必死で考えた。そして、すぐに思いつくものがあった。

「その兵士たちに、安全装置がある、というお話ですか？」

「そう……」ヴォッシュは、にっこりと微笑んだ。「君が日本で襲われたときと同じだ」

「あれは、ロボットではありません。生きたウォーカロンでした。もちろん、頭脳のチップに埋め込まれたコードとして残っているなら、たしかに有効かもしれませんが、でも、世界中のウォーカロンが全部同じタイプだとは考えにくいのでは？」

「人間が作ったものであれば、とっくに消え失せているだろう。しかし、作ったのはマガタ・シキなんだ。そこが決定的に違う。チップの回路だけではないかもしれない。インストールするデータにも及んでいるだろうね。簡単に排除できない工夫が、二重三重にされている。いろいろな形、数々の経路で入り込んで、時間をかけて氷解し、痼りのようなものを形成する。そんなイメージだよ」

「なるほど。それは、ありえますね。そういったウィルスは、最近では、むしろ多数派です。ウィルスは単なるプログラムですが、物理的なチップの盲腸回路に潜ませたデータを絡めることは技術的に可能です。誰にも気づかれないでしょうね」

「昨日は話さなかったが、私が彼女に会ったときに、最後に彼女が言った言葉がこうだった」ヴォッシュは、一呼吸置いて、言葉を続けた。「魔法の色をご存じですか?」

「魔法の色を……、知っているか?」僕は繰り返す。

「だから、君にそれをきいたんだ」

「私の場合は、黒い魔法を知っているか?でした」

「そういった、キーワードが、深層のストッパ・プログラムを発動させる」

「キーワード? あ……、そういえば、テンジン知事が、僕にそれらしいものを伝えようとしました」

「テンジン知事が?」

「シンポジウムのレセプションで挨拶をされました。このクーデターを起こした軍隊のトップにいた人物です。彼は、会場で撃たれて重傷を負いました。軍用の車両で運ばれていく直前に、私にそれを……。アンサは、ハーネームだと」

「ハーネーム?」

「そう聞こえました」

「彼女の名前か」ヴォッシュは言った。「マガタ・シキのことだろうか。それがキーワードになっているということか」

「彼だけが知っているデータだったのかもしれません。死を覚悟して、誰かに伝えようとしたのです」

「何故、君に？　呼ばれたのかね？」

「そうです。近くに来るように、指名されました。そのまえに、パーティで少しだけ彼と話をしました。私の測定システムのデータのために、子供のサンプルを用意すると約束してくれました。おそらく、ナクチュ特区の子供のことだったのだと思います」

「何故、君にキーワードを教えたのだろう？」

「自分の軍隊に裏切られたので、なんらかの報復をしたかったのではないでしょうか。軍隊の安全装置を知っている人間として……。しかし、私のことをそこまで知っていたとは、ちょっと考えられません。いや、そんなことはありえないですね。私は誰にもその話をしていません」

「しかし、マガタ博士なら知っている。君に、キーワードを使わせたのも、もともとは彼女だった」

「テンジン知事が、マガタ博士と関係があったということですね。それならば、ありえる話です」

「そして、君はここへ来た。これも、偶然かね？」

ヴォッシュは目を細め、僕を睨んだ。子供のような顔だ。今にも笑いだしそうに見えた。彼に言われるまでもなく、その可能性には気づいていた。僕たちは、誰かが書いたプログラムの中で動いているのかもしれない。

「まったくの空想かもしれません」

「空想である確率は、私は四十パーセントくらいだと思うよ」

「私は、そうですね、六十パーセントといったところです」

「君は悲観的だな」ヴォッシュは、そう言うと、声を上げて笑った。

2

また揺れた。嫌な音がしたあと、天井のパネルが何枚か落ちた。フレームが軋む。周囲のガラスが割れないかと心配だった。

相変わらず、通路を走る人の数は減らない。むしろ増えているのではないかと思えた。ここにいても大丈夫だろうか。ツェリンはなにも指示をしなかった。ここを離れないように、とも言われていない。

通路を走っている人々は、性別も年齢もさまざまだった。子供は、ガラスの中を覗く。

その手を大人が引っ張っていく。防空壕としてここが利用されていて、この奥に大勢を収容できる場所がある、と聞いた。住民は全員が避難を強いられている。

さらに十分ほど経っても、ツェリンは戻ってこなかった。ヴォッシュと相談をし、僕たちもみんなが行こうとしている場所へ移った方が良いのではないか、という結論にはなった。今いる部屋が、シェルタとしての機能があるのかどうかわからないからだ。

ただ、ナクチュの人々からすれば、僕たちは余所者だ。余所者とは接触しないことになっている。パニックを助長しないかという不安があった。街の規模から考えて、住人たちは顔見知りのはずである。ガラスの中の僕たちを見て立ち止まる子供たちには、僕たちの風貌が珍しいのだ。

それで気づいたのだが、大人たちは、何故僕たちを見ないのか。まるで、無理に見ないように、目を合わさないようにしている感じだった。ガラス張りのうえ、こちらは明るい。僕とヴォッシュが目につくはずだ。

その疑問をヴォッシュに伝えると、彼は、不思議ではあるけれど、そういう文化なのではないか、と語った。無視すべきものは見ない。見なかったことにする。そうすることで、それが存在しないのと同じになる、というのである。その習慣のない幼い子供だけが、見ようとするのだ。

サイレンも地響きも続いている。

通路を行く人々が少し途切れたところで、ドアを開けて、外の様子を窺ってみた。通路をこちらへ近づいてくる人々は、僕を避けて、壁際を通り過ぎていく。僕を認めた瞬間に顔を伏せ、下を向いてしまう。ヴォッシュが言ったとおりかもしれない。

「ウグイたちが心配なので、ちょっと見てきます。博士は、こちらにいらっしゃって下さい。すぐに戻ってきますので」

ヴォッシュは、まだソファに座っていたが、僕に無言で頷いた。

通路へ出て、人々と逆方向へ歩いた。さきほど来た経路だ。分岐はなかったので、迷わないはずだが、どのドアだったかわかるだろうか、という心配はあった。

また大きな爆音が鳴り響いた。地震のように足許が揺れる。悲鳴を上げる人、蹲る人もいた。壁の表面が、剝離して弾け飛ぶ。ポップアウトという現象だ。構造自体が大きな力を受けて歪み、変形能力のない脆弱な部分が剝がれる。しかし、この程度では、構造自体が崩れる心配はないだろう。

来るときには閉じていたシャッタはどちらも開放されている。人々を通すためだ。千人といえば、ちょっとした集団だが、短い時間に全員の避難が可能だろうか。

見覚えのある通路に出た。ずっと先に、入口が見える。そこから人が入ってくる。コミュータが何台も見えた。地下の駐車場のようなスペースだ。ドアの一つを開けた状態にして、ウグイが通路に顔を出しているのが見えた。

次の轟音では、通路の照明が消えた。一瞬で真っ暗闇になったが、数秒でまた点灯した。そうか、照明が消える可能性があるのか、と認識。しかし、僕はメガネをかけているので、暗闇でも心配はない。

「大丈夫ですか？　ヴォッシュ博士は？」ウグイがきいた。

部屋の中を覗くと、ベッドの間にロボットが立っているだけで、アネバネの姿が見えない。

「アネバネは？」僕も尋ねた。

「外へ様子を見にいきました」ウグイは、通路の先、入口の方を指さした。

「ヴォッシュ博士は、奥の部屋で待っている。ツェリンはわからない。ここの区長に会って、話をしている途中で攻撃が始まった」

「ここへ、住民を避難させているのですね。どうして、攻撃を受けるのですか？」

「さあね。いちおうの耐久力はあるようだ」

「何がですか？」

「この地下構造が」

「そうだと良いですけれど」

「あのロボットがなにか教えてくれた？」

「最初は、外の状況を伝えてくれましたが、さきほど止まってしまいました」

「止まった？　でも、立っている」

「立ったまま止まりました」

「それは凄いな」

　電源が切れたのではなく、信号待ちの状態なのだろう。コントロールが外部にあって、そちらからの指示がなくなったのだ。

　既に、入口から通路に走り込んでくる人は疎らになっている。

　アネバネが走って戻ってきた。彼はまだ、例の片方の脚を出したドレス姿だ。まったく今の状況にマッチしていない。

「どんな具合？」僕は尋ねた。

「入口に、ここの警察官が二十人ほど武装して警戒していますが、戦闘能力は低レベルです。反乱軍は、無人機と、地上の車両のようです。住民がここへ全員入ったら、シャッタを閉めるつもりのようですが、簡単に破られると思われます」

「ここを破壊するつもりはないし、できるだけ殺さずに全員を確保したいだろう。つまり、この中へ入ってくるんじゃないかな」僕は言った。「そういう部隊があとから来ると思う」

「どうしますか？　外へ逃げますか？　それとも……」ウグイがきいた。

「ここから外へ出るのは得策ではありません」アネバネが言う。

大きな音が鳴り響き、入口の外で天井の一部が崩れたようだった。砂煙がこちらへ入ってきたので、しばらく後ろを向き、目を瞑っていなければならなかった。

静かになったが、突然、高い喚き声のようなものが聞こえた。

奇妙な声だったので、そちらへ向かって歩きだしていた。ウグイが途中で僕を追い抜き、エントランスの外へ出ていく。

コンクリートの固まりが、コミュータを潰していた。上を見ると、柱と梁の接合部の付近に斜めにひび割れが生じ、一部が欠けている。その部分が落下したようだ。

コミュータの中から声がする。ウグイが歪んだ窓の隙間から覗いている。僕も近づいた。声を出しているのは、小さな子供だ。性別はわからない。もう一人大人がいるようだが、顔は見えなかった。ウグイが、その子供を窓から引っ張り出した。なにか、言ったが言葉がわからない。メガネの翻訳もできなかった。

「母親が中にいますが、頭部が潰れています」ウグイが言った。「ここに、最新の医療設備があれば助かりますが」

僕も窓から顔を入れて、その状況を確認した。

「無理だ。この子だけ、中へ連れていくしかない」

嫌がる子供をアネバネが抱き上げた。再び通路に戻り、僕たちは、奥へ走った。

不謹慎ではあるけれど、子供の母親の細胞は、世界が求めているものだ、と考えてしまった。科学者というのは非道なものではないか。

3

もう通路を歩いている者はいなかった。床には、細かい破片が散乱している。ガラス張りの部屋に近づくと、ヴォッシュがドアの近くで待っていた。

「どうすることになった?」ヴォッシュがきいた。

「いえ、決めていませんが、奥へ行ってみるしかありませんね。ツェリンは来ませんか?」

「誰も来ない」

「奥の別のところから、外へ出られるかもしれません」子供を抱いているアネバネが言った。

「外に出て、どうする?」僕はきいた。

「危険な区域から脱出します」

「君たちだけなら可能かもしれないが、私やヴォッシュ博士は足手まといになる」

「しかし、ここにいては危険です」

アネバネが言う意味は理解できた。ナクチュの人間なら殺されないが、僕たち四人は例外だ。摑まるまえに撃たれる可能性が高い。ウグイとアネバネは、反乱軍の兵士を倒している。その履歴データを兵士たちは共有しているかもしれない。

「武器が不充分です」ウグイが言った。「ここには、武器はないのでしょうか」

「きいてみる価値はある」僕は言った。「しかし、戦うのは無理だろう」

「先生を守ることが、私たちの任務です」

「わかったわかった」僕は片手を広げた。「頭を冷やそう。悪い可能性ばかり考えないで……。死に急ぐことはない」

「覚悟をしておかないと……」

「ウグイ・マーガリン」僕は彼女を睨んだ。「落ち着いて」

「はい、わかりました。マーガリィです」

わざと間違えたのだが、幸い、彼女の表情がやや穏やかになった。

通路の床を小さな黒いものが近づいてくる。動物が走っているとわかるまで時間がかかった。

「猫だ」ヴォッシュが言った。「珍しい」

真っ黒の猫だった。アネバネの足許で止まり、上を見上げた。

「パシャン」高い声だった。子供がそう叫んだのだ。猫がそれに応えて奇妙な声を上げた。子供は下を向き、「パシャン、パシャン」と繰り返している。

アネバネが子供を床に下ろすと、猫がその子に躰を寄せた。飼い猫のようだ。もしかしたら、人工のものではなく、天然の猫なのかもしれない。

次に、警官がこちらへ走ってきた。警官だとわかったのは制服のためだが、人数は十人程度で、アネバネが言っていた人数よりは少ない。

彼らは、僕たちをじっと見て、立ち止まった。英語で話しかけてみたが、言葉が通じない。しかし、子供と猫が近くにいることもあって、敵ではないことはわかっただろう。アネバネの顔も知っているはずである。子供は今はウグイが抱きかかえていた。

「ハギリ博士」と後ろから呼ばれた。ツェリンだった。

大きな音が響き、床や壁が揺れる。ガラスの壁から、皆が離れた。しかし、割れることはなかった。

ツェリンが、警官たちになにか言った。警官たちは頷いて、奥へ走っていく。

「先生方も、奥の部屋へ入るようにと指示が出ました」ツェリンが言った。

指示が出たというのは、つまり、許可が下りたということだろう。僕たち外部の人間の接触を認める、という意味でもある。この非常時ではやむをえない、との判断かもしれない。既に、接触はしている。区長のカンマパとは話をしたし、この子供だってウグイやアネバネが触れている。

ツェリンの案内で、通路を奥へ進んだ。階段はなかったが、スロープで下っていくのがわかった。つまり、より深い場所へ向かっているようだった。

通路の幅は三メートルほどで、深くなるほど、湿った冷たい空気になった。床も壁もコンクリートが剝き出しだったが、濡れているように見えた。五メートルおきくらいで、小さな照明が灯っている。

最後のドアは、まだ開けられていて、そこにさきほどの警官たちが集まっていた。

ドアの中は、不思議な空間だった。体育館のような大広間だ。大勢がこちらを見てすぐに顔を背けた。小さな子供の声だけが幾つか上がった。音は周囲の壁に反響する。広い場所に柱が並んでいて、奥行きは五十メートルほどだろうか。幅も五十メートル近くありそうだ。柱は、十メートル間隔くらいで、横にも縦にも整列している。この点が体育館とは異なっている。柱は、五、六メートルの高さの天井を支えているが、天井近くには、配管も梁も剝き出しで、小さな照明だけが点々とぶら下がっていた。飾りけのない倉庫か、あるいは駐車場のようだった。ここは地下なので、上部の構造物の基礎部であることは歴然としているが、僕が最も連想したのは、水を溜めるための施設だった。雨水を地下に集める貯水場が都市の地下に設置されていて、一度見学をしたことがあったが、これに似た光景だったのだ。

大勢の人間がいるが、ざわついてはいない。かといって、しんと静まり返っているわけでもない。特に、幼い子供の声が方々から聞こえる。入口からは、人々は少し離れていたし、僕たちを睨んでいる者はいない。危険はまったく感じなかった。ウグイは、子供を下ろした。猫と一緒にその子は群衆の方へ歩いていった。大人が一人、その子を呼んで近づいてきた。知合いなのだろう。子供は、母親が亡くなったことを話せるだろうか、と僕は思った。

爆音は遠くなっていた。もう、揺れることもない。ここがそういった意味では安全であるということがわかった。

部屋の奥から声が届く。女性の声だ。姿は見えなかったが、その声はカンマパだとわかった。拡声器を使っているようだが、なにを話しているのかはわからない。もちろん、英語ではない。群衆に現状を説明しているのだろうか。

「ここに集まっても、じっと待つしかないですね」僕はツェリンに近づいて言った。

「交渉をすると言っています」彼女は部屋の奥を見ながら言った。カンマパの言葉がそういった意味だったのだろう。

「交渉の条件は？」僕は尋ねた。

「その説明はしていません」ツェリンが首をふる。

「いえ、区長ではなく、ツェリン博士の意見を聞きたいのです」

「コバルト・ジェネレータを停止する、あるいは、ここのみんなが自決する、と脅すしか交渉条件はありません」

「たとえば、現状維持のまま統治権を与える。新しい指導者に緩やかに従うといった条件は?」

「その選択は、私はあると思いますが、ここの人たちの観念にはないでしょう。潔い民族なのです」

「潔いか……」僕は言葉を繰り返した。「みんながここで自決すれば、たしかに、向こうはお手上げになる。そうはならないように、妥協をするでしょう。しかし、無償で帰ったりはしない。このまま、包囲して時間を稼ぐ。こちらで離反者が出るのを待つ。全員でなくても良い。千人もいらないのです。極端な話、死んでいても、すぐに冷凍すれば細胞は使える。おそらく、百人もいれば充分なのではないでしょうか。いえ、もしかしたら、既にここの細胞は流出しているかもしれない……」僕は話をしているうちに思い出していた。

「それは、どういうことですか?」ツェリンが尋ねた。

「ここの子供が売られているという話を聞きました」

「誰から?」

「リョウ博士です」

「ああ……」ツェリンが頷いた。「そうですか……」

「異国の情報ですが、信頼できますか?」

「異国ではありません。ここを統治していた歴史もあります。今でも、支援を受けています。噂が流れるほど酷い状況なのですね。ええ、私も知っています。確かめられません。ここの人は誰もそのことについて話しません。でも、たしかに、人口は減る一方です。なんらかの形で、まとまった数が流出していることはまちがいありません。私自身も、ここから出た一人です」

「それを買っているのが、ウォーカロン・メーカだとしたら、反乱軍は、細胞など欲しがらないのではありませんか？」

「わからない……。だったら、どうして入ってきたのですか？」

「もちろん、表向きは知らない振りをしている。でも、本当のところは、もう宝物は手に入れているのです」

「わからない。どうして……」ツェリンは首をふった。

横に立っているヴォッシュが、顎の鬚に手をやってじっと僕を見据えていた。

「むしろ、彼らが欲しいのは、エネルギィでは？」彼は呟いた。

「ここにあるジェネレータは、最新式のものではありません」ツェリンが言った。「旧式で、そろそろ耐用年を迎えるものです。大きな価値があるとは思えません」

「しかし、それを破壊すれば、この地は使えなくなる」ヴォッシュは言った。

「核兵器にするということですか？」ツェリンが言った。

「その可能性を握ることで、政治的に有利になる」ヴォッシュはそこで溜息をついた。

「一方で、ナクチュの自治政府が自決と言っているのは、当然それが含まれるのでは?」

「それは、あまりにも悲劇的な手段ですね」僕は首をふった。「潔すぎる。すべてを道連れにするというわけですよね……。うん、あまりにも短絡的だし、簡単ではないし、効果もさほど大きくない」

ウグイが近づいてきた。

「あの、一つよろしいでしょうか」彼女はツェリンに言った。ツェリンが頷くと言葉を続ける「放送施設があるとおっしゃっていましたが、通信を試されましたか?」

「ああ、そう、そうでした」ツェリンは振り返って、入口の方をちらりと見た。「既に発信をしています。交信ができるようになったら、私に連絡があるはずなんですけれど……」

「誰かに任せているのですね?」ウグイがきく。「この近くですか? そこへ行けませんか?」

「もう連絡しても間に合わないよ」と僕が言うと、

「最後に、連絡だけでもと思いました」とウグイは答えた。

4

放送の設備があるのは、ここへ来る通路の途中の部屋だとツェリンは答え、そこへ僕たちを案内してくれた。ヴォッシュも一緒についてくる。つまり、五人が通路を戻った。警官たちには、ツェリンが説明をしてくれた。

「警官というのは、何人くらいいるのですか？」僕は歩きながらツェリンに質問した。

「二十人ほどです。長官だけが役職で、あとはボランティアというか、専属ではありません」

「でも、武器は持っていますね」

「訓練は受けています」

スロープを上がっていき、鋼鉄製のドアをツェリンが引き開けた。どこにも、部屋の名称はなく、番号も記されていなかった。

奥の壁際に数々の機器が並んだ場所で、ロボットが一台、モニタの前に立っていた。電源が入っていることを示すインジケータや、数字を表示するパネルなども見えた。近づいて観察すると、多くは無線機であることがわかった。

ツェリンは、ロボットのところへ行き、様子を尋ねたのだが、ロボットは返事をしなかった。

「どうしたのかしら、止まっている」彼女は呟いた。

「向こうの部屋にいたロボットも停止していました」ウグイが言った。

「そうか、中央のシステムがダウンしているのね」ツェリンが言う。「本部は、あのホテルの近くにありますが、設備も場所も放棄して、係員たちが脱出したということでしょう。おそらく、システム自体を落としたと思います。敵に利用されないように処置したのだと……」

「ロボットが止まっていては、交信もできなかったのでは？」

「幾つかの周波数帯で、SOSの発信をしています」ツェリンが言った。「どこかで受信をしてくれたら、反応があるはずで、それを受信するように、ロボットに指示していたのですが……」ツェリンは、そう言いながら、機器を見回した。「いちおう、発信は続いているようです。返信があったかどうかは、わかりませんね。ロボットが止まってしまっては……」

「SOSというのは？」ウグイがきいた。

「緊急通信のことです」ツェリンが言った。

「なにか、コードがあるのですね？」

「コードというか、ただ、SOSと声を電波に乗せるのです」

「声を乗せる?」ウグイが首を傾げている。

「アナログ変調というのは、そういうものなんだ」僕が横から言う。

「よくわかりませんが……」ウグイは納得できなかったようだ。

「どのくらいの範囲まで届くでしょうか?」僕はツェリンに質問した。ここの送信の出力を知りたかった。

「周波数帯にもよりますが、せいぜい五百キロ程度だと思います。この国か、隣国です。受信をしているとしたら、個人の趣味の範囲、それも、かなりの懐古趣味になります。そんな人間が近くにいるかどうか……」

「一人でもいてくれたら、なんとかなりますよ」僕は言った。

通路を人が走る音が聞こえたので、アネバネがドアを少し開けて、外を覗いた。

「警官が何人か走っていきました」ドアを閉めて、彼が報告する。

「どちらへ?」ウグイがきいた。

アネバネは黙って指をさした。入口ではなく奥の方向だ。外にいた残りの警官が退避してきたということだろうか。住民の避難が終わり、警察は入口を閉鎖して、自分たちも逃げ込んできた。ボランティアなのだから、もとから戦うつもりなどないのだろう。これだけの爆撃を受けても、少なくとも、まだここまでの通路が機能していることはわかった。

ツェリンは、無線機のダイアルに手をかけている。小さな雑音がときどき聞こえた。ダイアルを回して、チャンネルを切り換えて、モニタを見て、音を聞く。それを繰り返しているようだった。

「ここを脱出する経路は、この前の通路のほかにありますか?」ウグイがツェリンに尋ねた。「あちらの、裏へは出られませんか?」

「ええ、経路というよりも、上の神殿へ通じているはずです」

「エリアの外へは出られますか?」

「出られないことはないと思いますけれど、ちょっと、わかりません。ロボットに尋ねたら調べてくれるんですが、それもできなくなりました」

「では、脱出に使える乗り物はありませんか?」ウグイは続けてきいた。

「コミュータは、表側にしかありません。裏には道路もありません」

「飛行できるようなものは?」

「ありません」

「乗り物でなくても、飛ぶような装備でも良いのですが……」

「ええ、ここには、そんな機器はありません」

「では、武器は?」

「いいえ。警官が持っているもの以外ないはずです」

「そうですか」ウグイは頷いた。失望の表情はまったく出ていない。

彼女は僕の横を通り、入口付近にいたアネバネのところへ行った。二人で小声で話をしている。今後のことで確認をしているのだろう。

この状態で、平穏なまましばらく時間が過ぎた。

爆撃が終わったようだ。地上では何をしているのか。あるいは、どこかで交渉が行われているのだろうか。

アネバネがときどき、外に出ていって様子を見てきたが、目立った動きはない、と報告した。

ホワイトノイズしか鳴らさなかったスピーカから、日本語が突然聞こえてきた。コールサインを言ったあと、フロム・ジャパンと付け加え、「では、受信します」と言ったのだ。

「今の、日本語です」僕はツェリンに言った。「同じ周波数で、送信して下さい。僕が話します」

ツェリンが、無線機を操作して、マイクを僕に手渡した。モニタを見ると、周波数は五十一メガヘルツだった。相手は、個人の無線愛好家だろう。

「今、送信した方、聞こえますか。こちらはチベットのナクチュです。一メガほど低い周波数で、緊急信号を発信しています。受信します」

しばらく雑音が流れたあと、メータのレベルが上がった。

「了解しました。受信レベルは大変良好です。チベットの方。本当にあのチベットですか？　日本人ですか？　緊急信号も確認しました。どうしたら良いでしょうか？　通信が可能なのは、電離層の影響と思われます。たぶん、五分ほどで通信ができなくなるはずです。指示をお願いします。どうぞ」

電離層と聞いて理解した。大気の上層で、ときどき現れる自然現象で、電波を反射する性質を持っている。通常は地上波しか届かない周波数帯でも、突然遠距離の通信が可能になるのだ。

「了解。こちらはチベットです。それでは、この周波数で受信を続けますので、至急日本の警察に連絡をして、チベットの政府へ、この周波数でアナログ変調で発信をするように依頼して下さい。私はハギリといいます。警察に名前を言ってもらえばわかります。どうぞ」

「了解しました。では、そのように連絡をします。何があったんですか？　いや、それよりも、連絡をすぐにいたします。では、通信を終了します。ありがとうございました」

マイクを置いて振り返ると、ツェリン、ヴォッシュ、それにウグイがすぐ近くで取り囲んでいる。ウグイとツェリンは状況がわかっているが、ヴォッシュには会話がわからなかっただろう。しかし、期待の目で僕を見つめていた。

5

雑音を五分ほど聞いただろうか。メータが振れたあと、声が聞こえてきた。英語ではなかったので、ツェリンがマイクを持った。ナクチュで反乱軍に包囲されている。至急援助をしてほしい。日本人のハギリ博士とドイツ人のヴォッシュ博士がいる。ナクチュの住民は全員、防空壕に退避している。既に数名の犠牲者が出ている。

ツェリンが状況を説明すると、相手は、そちらの状況は把握している、と答えたようだ。僕のメガネはそう翻訳した。中央政府軍の主力がそちらへ向かっているので、待ってほしい。あと数時間かかる、という内容である。

「数時間ではなく、もっと何時間何分と言えないものかな」僕は日本語で愚痴を言った。

「数時間とは、二時間から八時間くらいの範囲という意味です」ウグイが日本語で答えた。

「いや、常識的には、三、四時間だろう」と僕が言い返すと、

「ここは日本ではありません」と素っ気ない。

ツェリンは、シンポジウム会場の状況を無線で尋ねた。すると、そちらは既に政府軍が制圧しているとのことだった。どうやら、反乱軍は多くの戦力を投入しなかったらしい。

あそこでは、知事の殺害だけが目的だったのだ。

通信は、一旦終了した。いつでも通信ができるように、お互いにその周波数を受信して待機することになった。

「政府軍が来ることは、反乱軍も予測しています」ツェリンとヴォッシュを見て、僕は英語で言った。「そのまえに片をつけようとするでしょうね」

間もなく、僕の予想のとおりになった。まず爆音が聞こえ、数分後に通路が慌ただしくなった。機械の音なのか、回転音、断続的な振動が続き、とにかく、恐ろしくてドアが開けられない状況になってしまった。

人が歩いているにしては音が大きい。ロボットだろうか。それとも小型車両だろうか。敵が入口を破壊して、内部へ侵攻してきたのだ。

ツェリンは、すぐにそれを無線で連絡したが、相手は、了解した、できるだけ抵抗をせず、時間を稼ぐように、と指示をするだけだった。

しばらくして、幾つか高い炸裂音が聞こえ、悲鳴が上がった。アネバネがドアを少しだけ開けて外を覗く。僕も後ろから見た。通路には、重装備の兵士がいる。

こちらを見た。銃を向ける。

「アネバネ、抵抗しないように」と僕は指示をした。

ウグイは、銃を構えていた。しかし、僕は彼女の前に立った。

「ウグイ、銃を仕舞って」

「しかし……」

「今は駄目だ」

彼女は、銃をスカートの中に隠した。

兵士が慎重にドアを開けて、部屋の中を見回した。僕たち五人はホールドアップしている。

「何をしていた？」低い声がきいた。英語だった。

兵士は、グレィのヘルメットを被っている。スーツはグレィとグリーンの迷彩だった。躰が非常に大きい。身長はゆうに二メートル以上あるだろう。やや前屈みになり、ドアの中を覗き込んでいるが、中には入ってこなかった。

「隠れていただけです」僕が答えた。

「この部屋は何のためにある？」

「放送室です。向こうの講堂の音響のための」僕は嘘をついた。鼓動が早くなったが、たぶん、わからないだろうと思った。

「手を上げたまま、外に出ろ、向こうへ歩け」兵士は指をさした。

アネバネが外に出た。つづいて、ヴォッシュ、ツェリン、僕が出て、最後がウグイだった。

通路には、兵士が大勢いる。二列になって、ほぼ通路を占領している。今は進んでいないようだ。既に先頭が奥の大広間に到達しているからだろう。彼らのすぐ横を抜けるようにして、一列で僕たちは歩いた。一番後ろから、命令をした兵士がついてくる。

「機会を見て、反撃しますので、先生は奥へ逃げて下さい」ウグイが日本語で言った。

「頼むから、なにもしないでくれ」僕は前を向いたまま言う。

「私とアネバネで、引きつけている間に」

「駄目だ。無理だ」

「賭けるしかありません」

「僕は賭けない」

返事がなかったので、振り返ってウグイを見た。

顔は下を向いているが、唇を噛んで、視線だけをこちらへ向けた。

大広間の中へ入った。ドアは内側へ吹き飛んでいた。近くに警官が三名倒れている。血を流していた。中に踏み込んでいる兵士は三十人ほどだったが、弧を描くように広がり、銃を奥へ向けて構えている。住人たちは、さらに部屋の奥へ下がっているので、距離は二十メートルほど離れていた。

一人の兵士が、両者の中間地点に立っている。

黄色のヘルメットを被っていて、ひと際大きい。巨人といっても良いサイズで、とても人間とは思えない。おそらく、躰はメカニカルなものだろう。兵士は全員そうなのかもしれない。

僕たちを連れてきた兵士が、その黄色のヘルメットに近づいた。報告に行ったのだろう。黄色のヘルメットがこの軍隊のリーダのようだ。

そのリーダが、僕たち五人を見た。もっとも、目は見えない。ただ顔がこちらを向いただけである。

「そこの女」低い声が響く。「銃を持っているな」

ウグイのことだ。僕たちは黙って動かなかった。

黄色のヘルメットは、まだこちらを睨んでいる。動かない。

報告にいった兵士が戻ってきた。

ウグイに銃を突きつける。

「武器を捨てろ」

ウグイは黙っていたが、溜息をつき、スカートの中から銃を取り出して、それを前に放り出した。

黄色のヘルメットがこちらへ近づいてきた。三メートルほどあるだろうか。躰が重そうだ。五百キロ以上あるだろうな、と僕は頭の中で計算した。

「我が軍の兵を殺したのは、お前か？」低く響く声がウグイに向けられる。

ウグイは黙っていた。

「それとも、そちらの、お前か?」そう言いながら、アネバネの方へ顔を向け、指さした。

「私です」ウグイが答える。

黄色いヘルメットがこちらを向いた。

「そうか」

「撃たれそうになったので、反撃しただけです。正当防衛です」ウグイが言った。

「うん。正直だ」黄色のヘルメットは、少し笑ったように息をした。

機械ではない。ウォーカロンだ。

このリーダだけが、ウォーカロン。あとの兵士は、ロボットだろうか。

そうは思えない。

動きが滑らかで、有機的だった。

「あちらの女は、武器を持っていないのか?」黄色のヘルメットがウグイにきいた。

「知りません」

「知らない? 仲間だろう?」

ウグイは黙っていた。

黄色のヘルメットも黙っていた。

大勢の住民の中から、白い衣装のカンマパが現れた。一人でこちらへ歩いてくる。黄色のヘルメットはようやくそちらを見た。

「お前は？」低い声が響く。

「区長のカンマパです」彼女が答える。

ウォーカロンのリーダ兵の前まで来て、カンマパは彼を見上げた。

「もう、人を殺さないようお願いします」カンマパは言った。

「殺すつもりはない」リーダ兵が答える。

「三人を撃ったではありませんか」カンマパは、入口に倒れている警官たちを指さした。

「銃を我々に向けた。正当防衛だ」

「爆撃で、既に死傷者が出ているのです。私たちには、このような攻撃を受ける理由がありません。これは許されないことです」

「最初から、こちらの要求を呑んで、輸送車に全員が乗れば、こんなことにはならなかった」リーダ兵が言った。「ここに立て籠って、時間を稼ごうとした。援軍が来るのを待っているのだろう？　残念ながら、それは来ない」

「私たちは、自由をなによりも重んじているのです。囚われるくらいならば、ここを爆破して、全員で死ぬ覚悟もできています」

「爆破？　ここにそんな仕掛けがあるというのか？　脅しは利かない。それに、生き延びたい者がいるはずだ。こんな場所で死ぬつもりか?」リーダ兵は頭を上げ、群衆の方を見た。「輸送車に乗れば、ここよりも自由な場所へ行ける。もっと豊かな場所がある。こんな古い街で、短い生涯を、労働だけで費やしてしまうのか?」

　大広間は静かだった。

　兵士たちの動く音しかしない。

「簡単な治療を受けるだけで、永遠に生きられる。聞いたことがあるだろう?」リーダ兵は続けた。「もっと長く生きたいと思わないのか? どうだ? ここで自決することに全員が本当に賛成しているのか? まだ小さな子供たちの命まで、大人の勝手で奪ってしまうつもりか?」

「黙りなさい!」カンマパが叫んだ。

　リーダ兵は、目の前の彼女の方へ再び顔を向ける。さらに前屈みになり、顔を近づけた。

「黙れと言ったな」

「言いました。お前はロボットなのですか? 人間に対して失礼ではありませんか? ロボットならば永遠に生きていられるでしょう。でも、それが生きるということなのですか? 人間が生きるというのは、そんな簡単なことなのですか? このように武器を向けて、他人を怯(おび)えさせるために生きているのですか? そんな者に、人間の尊厳がわかるのですか？」

リーダ兵は、軽く腕をふった。カンマパは弾き飛ばされ、床に俯せに倒れた。そこへ、アネバネが素早く進み出て、彼女を守るように、躰を被せた。リーダ兵が銃を撃つと考えたのかもしれない。たしかに、大きな銃がそちらへ向いていた。

しかし、リーダ兵は銃を撃たなかった。

彼は、銃を手放した。床にそれが音を立てて落ちる。アネバネがそれを見た。

リーダ兵は、ヘルメットへ両手をやる。そして、ゆっくりとそれを持ち上げた。

長い髪の男の顔がそこにあった。躰の大きさとは不釣り合いに小さい顔だった。人間の頭の大きさだ。

リーダ兵は、倒れているカンマパとアネバネの方へ顔を近づける。男の顔が、睨みつけるように、二人を見下ろした。

「ロボットではない」リーダ兵は言った。その声はもう普通の人間の声と同じだった。遠くの者には聞こえないだろう。「言っておこう。人を見かけで判断するものではない。俺は人間だ」

「化け物」という声が聞こえた。英語だった。聞こえるように叫んだのだろう。

リーダ兵は背を伸ばし、そちらを睨んだ。

「そこの男、前に出ろ！」兵士の一人が進み出て、銃を群衆に向ける。「今叫んだ、お前だ」


大勢の中から、痩せた老人が出てきた。

「お前が言ったのか？」

「そうだ。化け物と言ったのだ」

「死にたいのか？」

「もうこの歳だ、命は惜しくない」老人は笑って言う。「これが人間というものだ。いつまでも生きられたら、こんな勇気は湧かないだろう？」

兵士は、その老人を撃った。老人は後方へ飛ばされ、背中から床に落ちた。

群衆は一旦は、割れるように左右に逃げた。

しかし、恐る恐る何人かが、老人のところへ走って、抱き起こした。床にも血が流れている。既に意識はない。

6

ヴォッシュが、リーダ兵の前に進み出た。

「博士」僕は彼を呼び止めようとしたが、きいてもらえなかった。

「何だ？」リーダ兵が顔をこちらへ向けて尋ねる。「お前も撃たれたいのか？」

「そうではない。一つだけ、貴方に尋ねたいことがある」

「時間稼ぎはもう沢山だ。犠牲者が増えないうちに、指示に従ってもらいたい。こちらの平和的な気持ちがわからないのか？」

「わかっている。一つだけだ」

「何だ？」

「魔法を知っているか？」

「魔法？」リーダ兵は言葉を繰り返した。首を傾げて、ヴォッシュを見ている。

僕も、その表情に注目していた。

なんらかの微妙な変化があったように見えた。

人間とウォーカロンを識別するための実験を重ねてきた経験上、その変化が僕にはわかった。眼球が僅かに揺れ、目の下の筋肉が微動する。

人間だと言ったが、彼はウォーカロンだ。まちがいない。

数秒間、リーダ兵はじっとヴォッシュを見据えていたが、一度瞬（またた）いたあと、腰を曲げ、顔を近づけた。微笑んでいるような、恍惚（こうこつ）とした表情になっていた。

「魔法の色を知っているのか？」リーダ兵は聞いた。

その声は、さきほどまでとは異なる高さで、違う響きだった。まるで、声色を使っているような、奇妙なものの言い方だった。

「知っている」ヴォッシュは頷く。「赤」

「それから?」リーダ兵は微笑んだまま、首を少し捻った。

「黒」ヴォッシュは言う。

「それから?」

「緑」

「それから?」

「白」

それを聞いて、リーダ兵は一瞬両目を瞑った。小さく頷いている。

次に、その目が開き、
微笑んでいる顔が、みるみる怒りに変わった。

腕を振る。

ヴォッシュは横へ弾き飛ばされ、倒れ込んだ。

ウグイが、彼の元へ進み出た。

口から血を出していたが、ヴォッシュは頭を上げた。意識はあるようだ。

ウグイが彼を起こす。片腕を押さえている。骨が折れたのではないか。

リーダ兵は舌打ちをした。表情が険(けわ)しい。

そのとき、

何かが動いた。

アネバネだ。

床に落ちていた武器を拾い上げると同時にジャンプし、リーダ兵の肩に跨がった。大きなその武器をリーダ兵の顔に突きつける。

「動くな」アネバネが言った。

「お前、ウォーカロンだったのか」

「死にたくなかったら、兵を引かせろ」

リーダ兵は、動かなかったが、顔は笑ったままだった。

「早く指示を出せ」アネバネが言う。

「振り落とされたいか？」リーダ兵が優しく、ゆっくりとした口調できいた。

「そのまえに、お前の頭が吹っ飛ぶ」

「やってみろ。お前のせいで、ここにいる大勢が死ぬことになるだけだ」

ウグイが立ち上がった。僕を見ている。

銃を拾うつもりだ。僕に逃げるように、目で合図をしたのだ。

「待て」僕は言った。

ウグイに言ったつもりだったが、大勢が僕を見た。

「アネバネ、銃を捨てるんだ」僕は言った。「それでは、解決しない」

ウグイは溜息をついたようだ。

アネバネは、銃をリーダ兵に向けたまま、彼の肩から飛び降りた。

兵士たちが動く音でざわついたが、すぐにまた静かになった。

アネバネは、ゆっくりと足許に銃を置いた。

カンマパは起き上がっていたが、まだ立てない。睨むように、リーダ兵を見上げている。ヴォッシュは上半身を起こしているが、ウグイが庇（かば）っている。

アネバネは後ろへ下がった。僕は彼に無言で頷いてから、リーダ兵の前に立った。

「何だ?」その顔が近づいてくる。「また別の余興か?」

北欧系の白人のようだった。薄い眼をしている。濡れているような首の皮膚には、血管が浮き出ていた。血液が流れているようだ。呼吸もしている。このような姿になっても、彼は生きているのだ。

「時間の無駄だ」彼が言った。

「魔法の話だ」僕は言った。

ずっと考えていた。

ヴォッシュが試したことで、さらに考えた。

ハーネーム。

彼女の名前だ、とテンジンは言った。

テンジンを最初に狙ったのは、そのキーワードがこの軍隊にとって唯一の障害だったからだろう。

テンジンは、パーティに現れた。

リョウと一緒に、テーブルへ近づいてきた。

ウグイが一緒だった。

何故、僕にそのキーワードを託したのか？

何故、色なのに、彼女の名前だと言ったのか？

それは、日本語だったから。

それは、発音が難しい異国の言葉だったから。

しかし、それが色の名前だと、理解していた。

自分が知っているキーワードと、偶然にも同じだったから。

意味ではなく、発音がキーなのだ。

リーダ兵は、不思議そうに顔を斜めにした。

笑っているように、見えた。

前歯が覗いている。

「魔法か？」彼は言った。

僕は頷く。

「魔法の色を知っているのか？」
濡れた喉から出る発声。
泡立(あわだ)ち濁(にご)った声。
地獄の底から浮かび上がってくるような、おそろしい声だった。
「知っている」
その口が痙攣(けいれん)するように歪んでいき。
崩れそうな、生き物の微動に染まり。
神経信号に紛(まぎ)れ込(こ)んだホワイトノイズのように。
彼はじっと動かない。
待っている。
プログラムされているのだ。
こちらの答を待っている。
入力待ち。
プロンプト。
時を超越した支配によって。
遡る起源の神聖によって。
僕は息を吸った。

彼の顔に近づき、その耳へ囁いた。
「ムラサキ」
彼の耳はそれを聞いて。
信号は神経を伝達し。
処理が。
僕は息を止めて。
彼を見続ける。
彼の目は。
その目を見開こうとして。
笑おうとしていた。
しかし、声は出ない。
すべてが無音になった。
胸のコンプレッサが停止したからだ。
リーダ兵は、そのまま動かない。
張りつめた静寂。
息をしているのは、本当に生きている者だけだった。

7

カンマパも、ヴォッシュも、自分の力で立ち上がった。

僕の方へ歩み寄ってくる。

ウグイは、自分の銃を拾おうとして、周囲を確認している。

アネバネは、リーダ兵の脚に触れた。

兵士たちは、それでも動かなかった。

「何て言ったんだ?」ヴォッシュが僕にきいた。

「ムラサキ」

「どういう意味だね? 日本語か?」

「パープル、あるいは、ヴァイオレット」

「魔法の色か……。どうして、それが、ハーネームなんだ?」

「彼女の名前なんです」僕はウグイを指さした。

ヴォッシュはウグイを振り返った。

カンマパが眉を顰めた表情で、僕を見た。

「何が起こったのですか?」

「また動きだすといけないので、みんなを外に出して下さい。ここに閉じ込めましょう。中央政府軍が、こちらへ向かっています」

「外は、しかし、爆撃される危険が……」

「様子を見ないとわかりませんが……、撃ってくるようなことはないと思います。あ、そうだ、きちんと並んで、輸送車に乗る振りをして出ていけば良いのでは？」

「この者たちは、死んだのですか？」

「フリーズしているだけです」

「フリーズ？」

「あるいは、スリープ」

「スリープ？」

「寝ているのです。でも、もしかしたら、死ぬかもしれません」

カンマパは、リーダ兵を見上げた。

彼の顔は、既に変色していた。皮肉にも、僕がかけた言葉の色に近づいているようだった。

これだけの躰を運動させるのには、人工的なブースタ機構が必要だ。血液の循環だけでも、フィード・ポンプに頼らなければならないだろう。そういった器機は、生体のように自律ではない。信号が途絶えれば、止まってしまう。ロボットと同じなのだ。

カンマパは、群衆の方へ歩いていき、大勢に向かって指示をした。落ち着いて、ゆっくりと、静かに外へ出る。列を作って、黙って歩くように。子供たちを導くように。その言葉を、後ろの者に伝えるように、と。

アネバネは、大広間から通路へ出ていった。外の様子を見にいったようだが、すぐに戻ってきた。

「通路の兵もすべて停止しています」

「外が安全か、確かめてきてほしい」僕は言った。

アネバネは頷いて、走り去った。

ウグイは、リーダ兵が持っていた大きな武器を調べていたが、諦めたようだった。

「アネバネがあれを使おうとしましたが、作動しなかったと思います」彼女はそう言った。「認証機能があるようです」

「私もそう考えていた」僕は頷いた。

カンマパの指揮で、人々が列を作り、歩き始めていた。警官が先頭を歩くことになったようだ。猫と子供の姿もあった。

「先生、私にも教えてもらえませんか」ウグイが言った。

「何を?」

「どうやって止めたんですか?」

「うーん、いろいろあってね」

「なんらかの方法で、ハギリ博士が兵をすべて停止させた、と報告書に書きますよ」

「うーん、それはまずいな」

「どうまずいんですか？」

「ウグイ・マーガリィが敵の武器を奪って全滅させた、と書いたら？」

「アネバネも見ています」

「ウグイとアネバネの両名が協力して、敵を全滅させた」

「教えてもらえないなら、本当にそう書きますよ」

「一つ、ききたいことがあった」

「何でしょうか？」

「レセプションのパーティで、君は、ビュッフェに料理を取りにいったね」

ウグイは一瞬黙ったが、怪訝（けげん）そうに眉を寄せて、頷いた。

「リョウ博士もそうだった」

「いえ、わかりません」

「でも、テンジン知事が君に話しかけただろう？」

「いいえ」彼女は首をふった。

「しかし、一緒にテーブルに戻ってきたじゃないか」

「ああ、そうです。リョウ博士がテンジン知事と一緒だったので、途中で挨拶をしました」

「そこで、名乗ったんだね？」

「ハギリ先生の秘書だと言って、挨拶をしただけです」

「名乗らなかった？」

「いいえ、名乗りません」

「あそう……、じゃあ、リョウ博士が君の名をテンジン知事に教えたんだ」

「どうしてですか？」

「テンジン知事が、尋ねたんだろうね」

「どうして私のことを？」

「知らないよ。人の女性の好みなんて」

ウグイは、口を尖らせて黙った。

「リョウ博士は、翻訳機能を身に着けていたから、テンジン知事に君の名の意味を教えることができた。知事が、あの美しいお嬢さんを紹介してほしい、とでも言ったんじゃないかな」

「そういうことをおっしゃると、職務規程に抵触しますよ」

「そうだ、知事としては不適切だった」僕は笑った。

「おっしゃったのは、先生ですが」

「撤回する」

「意味がわかりません」

ウグイは首を傾げたまま僕を睨んでいたが、ふっと息を吐いてから、ツェリンの方へ歩いていった。諦めたようだ。しかし、まんざら機嫌を害したわけでもなさそうだ、と僕は勝手に解釈した。専門以外では、楽観的な人間なのだ。

少し離れていたが、ツェリンはまだ信じられないという顔で立ち尽くしていた。ウグイが近づき話しかけている。おそらく、これからどうしたら良いか、というスケジュールの打合わせだろう。秘書らしい行動である。

人々は、大広間から出ていく。大きな兵士たちが立っている間を抜けて、通路の隅を歩いている。誰もが、恐々それらを眺め、触ったりするような者はいない。息を止め、寝ている者を起こさないように、といった感じかもしれない。

カンマパは、僕の前に来て無言で頭を下げ、外へ出ていく人々の最後尾についていった。脚を少し引きずっているのが痛々しかった。ツェリンが、先生方も、と声をかけたので、僕たちも外に出ることになった。

幸い、トラブルはなかったようだ。まだ、戦闘能力のある部隊が屋外に残っているのではないか、と少しだけ心配していたのである。機械類は停止したとしても、人間の兵士がいる可能性もあった。しかし、やはりこのナクチュへの侵攻には、人間を使えなかったのだろう。それは、新仮説が充分に証明されていないため、反乱軍の指導者が、完全に信じられるものではないと判断したことを示している。おそらく、ウォーカロンのメーカの研究者もその立場なのだろう。

屋外は、意外なほど晴れ渡っていた。青い空が広がっているのだ。こんな天候になるのは、ここの標高が高いためだろう。日本ではこんな青空は拝むことは難しい。目に刺さるほど眩しすぎて、上を向くことができないほどだ。

地上には、爆撃の跡が方々にあった。道路にも大きな穴があいていて、車が横倒しになっている。建物も被害を受けている。煙が上がっているところも見えたが、既にそちらへ大勢が向かって、消火に当たっている様子だった。

振り返ると、丘の上の神殿や塔は被害を免れていた。あの真下くらいにいたのではないか、というのが僕の目測だった。あるいは、遺跡としての価値を反乱軍も知っているのかもしれない。爆撃は、威嚇することが主目的だったのにちがいない。

ツェリンにその考えを話したところ、それもあるかもしれないが、コバルト・ジェネレータがあの塔の裏の地下にあるらしいという。これは公表されていないが、反乱軍側はそれを知っていたのではないか、とのことだった。

停止している兵士がまた動き出さないともかぎらない。通路のシャッタはすべてロックされ、人々が全員外に出たところで、最後のゲートも閉じようとしたのだが、これは破壊されていて動かなかった。それでも、大勢が両手を合わせ、カンマパは片手を高々と上げて、それに応えていた。犠牲はあったものの、大難を逃れることができたのだ。

その一時間半後に、中央政府軍の航空部隊が最初に到着し、ナクチュの外側に仮設されていたアンテナを爆撃した。これによって、二十時間振りに通信が可能になった。

やがて、地上部隊もナクチュ周辺に到達したとの連絡が入った。ナクチュの外側にいた反乱軍は無抵抗で降伏したらしい。中央政府軍のロボット部隊が内部の処理のために入ってきた。おそらく、防空壕に残された動かないウォーカロンの処理にやってきたのだろう。

その頃には、僕たちは、ツェリンと一緒にホテルの前からコミュータに乗り込もうとしていた。カンマパは治療を受けているため会うことができなかった。ただ、メッセージが届いて、是非、お帰りのときにお寄り下さい、とのことだった。

ヴォッシュは、頰(ほお)の横に内出血があった。腕は、幸い骨折には至らなかったようだ。彼は、「放っておいても治る」と主張したが、ツェリンが医師と連絡を取り、シンポジウム会場の病院で治療をする段取りとなった。

コミュータは出発した。ナクチュの外に出ると、軍車両の残骸(ざんがい)などを見ることができたが、全体像はわからない。人は少なく、空には既に航空機も見当たらなかった。

リーダ兵の男に襲いかかったときのことを、ウグイがアネバネに尋ねていた。

「銃が作動しない可能性があった。どうするつもりだったの?」

「銃はカモフラージュ。作動しないと思わせておきました」アネバネは答えた。「それが油断になり、武器がなくても、一撃で殺すことができたと思います」

「君の武器は何なのかな」僕は横から尋ねた。「近くで見ていても、わからない。殴っているだけではないね」

「機密です」アネバネはそう言って、口許を緩めた。

「一つくらい教えてほしいな。トラックの壁に穴をあけた方法は?」

アネバネは、右手を見せた。握り拳だったが、手の甲の関節の辺りから、細い鋭利な針が出ていた。それをすっと引っ込めた。その部分だけが手の中に収納されたのだった。

「どういうものなの、それは」僕はきいた。

「先生は、一つと言いました」アネバネは呟いた。

もっとききたかった。たとえば、その名称、材質、製法、操作方法、維持方法、それから、ほかにも類似の武器があるのか、とか。

ふと横を見ると、ウグイも身を乗り出して見つめていた。

「君は、知っていたの?」

「いいえ」彼女は首をふった。

「こういうことは、仲間として、情報を共有するべきだと思うけれど。違うかな……」
「お言葉ですが、先生こそ……」ウグイが言いかけた。
「わかった。今のは撤回する」

8

シンポジウムは、スケジュールを多少変更して、開催されていた。一部に犠牲者があったためだ。二日めから、僕はあちらこちらのセッションを回り、発表を聴くことができた。技術的に有用なものがとても多かった。ただ、多くはやはり生物学分野に属する技術、もっと簡単にいえば、人間の延命のための医療技術だった。どうしても、そこが科学の中心になる。

医療の目的は、人を生かすことだ。その目的において人類はほぼ到達してしまっている。現在は、それを合理化し、低コスト化し、安全性を高める技術的洗練へとシフトしているのだ。

最も素晴らしかったのは、ヴォッシュ博士の基調講演だった。

その前半では、資料を使って、これまでの研究の成果が総括的に述べられただけだったが、後半では、生態哲学へ話題が飛び、博士の考える最先端の命題が、整理されて紹介された。そのどれもが、そこで聞いている学者の間で意見が完全に一致しないテーマであり、すなわち、何が正しいのか、どちらが間違っているのか、という議論を再度誘発するものだった。しかし、博士は、このうちの半分は、百年後にもおそらく正誤が不明なままだろう、と予測した。

「何故そう考えるのか？」ヴォッシュはそこで話を止めた。沈黙の幕が下りたように会場は静かになった。ヴォッシュはテーブルの水を飲み、それから、にっこりと微笑んで続けたのである。「何故なら、百年まえに、これらの疑問は小さく生まれた。百年かけて大きく育てられたものが、百年で取り除かれるとは思えない。え？ 理由にならない？ そう、私もそう思います。人類は、きっと知ることになるでしょう。知りたいことのすべてを」

会場から拍手があった。みんなが立ち上がって、拍手は大きくなった。

ヴォッシュは、しかし、片手を上げて、それを制した。

会場はまた静かになる。

「皆さん、申し訳ない。今ので終わっておけば良かったと、後悔しています。ただ、申し上げなければならないことがあります。一昨日の夜から昨日にかけて、重大な事件が私たちのごく身近で起こりました。暴力は、私たちが最も軽蔑する手段です。それに屈しなかったことが人間の尊さである、と私は思います。私は、この会場へ来る途中で、ナクチュ特区へ立ち寄り、そこで事件に遭遇しました。ツェリン博士、そしてハギリ博士、それから、ハギリ博士の秘書氏、助手氏、えっと、彼女たちの名前は、ちょっと忘れてしまいましたが……、とにかく、彼らのおかげで、私は、頬と腕に内出血を作りました。死んでいたら、内出血にはなりません。ここでこうしてお話ができるのは、この方たちのおかげです。どうか彼らに拍手を……」

また拍手が起こり、ヴォッシュに促され、しかたなくツェリンと僕は立ち上がり、振り返ってお辞儀をした。

アネバネはホールの外だったので、この見せ物を免れたが、僕は、聴講者の後ろで、腕組みをしてこちらを見ているウグイの姿を見つけたのである。

9

その夜は、地下のVIPルームで食事をすることになった。僕たち三人だけだったから、静かなディナになった。僕が話さなければ、あとの二人は話さないのだから、当然そうなる。

ヴォッシュはもちろん、ツェリンも、大勢の学者たちやマスコミの相手をしなければならなかっただろう。疲れているのではないか、と心配になる。

食事の途中で連絡が入った。ツェリンからで、テンジン知事が生きていて、治療の結果は良好との情報だった。

マスコミが伝えるところでは、政府は、反乱軍の指揮系統を徹底的に調査すると発表したらしい。こういった場合、「徹底的」といえるレベルには絶対に達しないのが常である。もし、その可能性があるならば、こんな表現にはならない。初めから、どこで尻尾を切るかを相手は想定しているだろう。それも、作戦のうちなのである。

それよりも僕が気になったのは、テンジン知事との約束だった。測定システムの精度改善のためのサンプルを提供する、と彼は言った。それは、非常に意味のあることだ。もしかしたら、同じものを反乱軍も欲しがっていたのではないか。

否、反乱軍ではなく、つまりは、ウォーカロン・メーカだ。その開発研究の中枢にあるのは、人間と同一のものを製造するという究極の目標だろう。これは、僕の研究と極めて近い。

元来は、まったく違っていた。別の方角から山を登るうちに、頂上近くで接近した、という状況だと評価できる。人間とウォーカロンの差を見分ける方法は、すなわち、両者の差を埋める技術と同一のものなのだ。

その研究をしているのは、誰だろうか？

メーカの中で、何人かの研究者がそれを考えている。

その研究者は、人間だろうか?

僕は、それが人間だと信じている。

理由は何だろう?

そう、理由というものはない。

それが、人間の勘というものではないか。

窓際のテーブルを囲んで、三人で座っていた。食事はすぐに終わってしまった。ウグイもアネバネも、もうドレスなど着ていない。

「しかし、大変だった。良かった、生きていられて」と僕が呟くと、

「日本に帰るまでは、油断はできません」とウグイが言った。

「君は、油断をしなさすぎる」

「どういう意味でしょうか?」

エピローグ

シンポジウムは日程を無事に終え、三日めに閉会された。ただ、研究者たちが最も期待していたイベントが中止になった。それは、この近くのウォーカロン・メーカの見学会だった。二日めの午後にそれが予定されていたのだ。

中止になった理由は発表されていない。もちろん、今回のクーデターが原因であることは誰の目にも明らかだっただろう。また、万が一、見学会が中止にならなくても、大半の科学者は参加を取りやめたのではないか。これは、リョウ博士が実際にそう話していた。日本でのことがあるし、実際に銃を突きつけられ、被害者も出ている状況で、その張本人かもしれないという組織へ、のこのこと出かけていく者はいないだろう。と。

今後、どのような捜査が行われるかは、注目されるところだし、世界政府がそれに圧力をかけることは必至、との予測が一般的だったが、しかし、僕はあまり期待をしていない。現在の社会は、あまりにも複雑で、一部の局所で血が流れても、たちまち応急処置がなされる。代替のもの、別経路と、あらゆる手が迅速に打たれて、影響を最小限にする。

それが、どの立場においても最善であり、最適化なのだ。人類は、繰り返しこの応急処置の上に平和の歴史を築いているのだ。いわば、平和というレンガを、戦争というモルタルで積み上げていく構造に近い。

ツェリン、ヴォッシュ、それにリョウとも別れ、僕とウグイとアネバネは小型のコミュータに乗った。前後に警察の護衛がついて、空港まで直行の予定で、会場を後にしたが、一時間ほど走ったところで連絡が入った。

ツェリンからで、ナクチュのカンマパが僕に寄ってもらうように要請してきた、とのことだった。僕が、簡単に了解したことに対して、ウグイが抗議をした。

「悪かった、相談をせずに返事をしてしまって」僕は謝った。

「そうではありません。こういった突然の予定変更は、いろいろ差し障りが生じます。フライトも予定が立っているのです」

「でも、せっかくだからさ」僕はそう言った。

ウグイは、息を吐いた。そして、顳顬に指を当てて、連絡を取り始めた。

コミュータは、ツェリンが指示をしてくれたようで、既に目的地の表示が変わっていた。

ナクチュのゲートには、政府軍がまだ駐屯していた。検問があったが、簡単に中に入ることができた。車を誘導するという、カンマパからのメッセージがモニタに表示された。

日が沈み始めている。赤くなっているのが西の空だ。相変わらず、人の数は少ないものの、それでも、店先に立っている人、小さな車に荷物を載せようとしている人などが見えた。

「今の、あの人、どうして自分で荷物を持ち上げていると思う?」僕はウグイにきいた。

「質問の意味がわかりませんが」

「つまり、ああいうことは、人間のやることなんだね、ここでは」

「そのようですね」

「なんとなく、心が温まらない?」

「いいえ」

反対側を見ると、動物とコードで結ばれている人間が歩いている。

「あれは、犬かな?」

「たぶん」ウグイが答える。

「ふうん……。どうして、コードで?」

「逃げないように、でしょうか」

ホテルに到着すると思っていたら、その前を通り過ぎた。もっと奥へ向かっている。先日の防空壕の方だった。

既に、反乱軍の車両などは片づけられていた。穴のあいた道路には、工事中の表示が点滅している。コミュータは歩道に片車輪を乗り上げて、そこを回避した。

道から逸れ、鉄柵の中へ入ると、ロータリィがあり、幅の広い階段が正面にあった。その階段の前に、カンマパが一人で立っていた。このまえと同じファッションだが、頭の上のリングの色がグリーンになっていた。

コミュータから降りていき、彼女に対してお辞儀をした。

「リングがグリーンになっていますね」と指摘すると、

「太陽光のエネルギィで色を変えます」とのことだった。「どうぞ、こちらです。ご案内したい場所があります。エスカレータがなくて、申し訳ありません」

階段を上っていった。ウグイとアネバネももちろんついてくる。

「怪我は、いかがですか？」僕はきいた。

「おかげさまで、もう痛みません」

階段を上りきると、石畳の広場だった。そのずっと奥に、クラシカルな神殿がある。僕たちは真っ直ぐにそちらへ歩いた。近づくにつれ、大きさに圧倒される。

「あの、大変失礼な質問かもしれませんが、一つだけ、よろしいでしょうか」

「私のような若輩が、どうしてここの区長なのか、とおききになりたいのでは？」

カンマパは前を向いたまま、そう言った。

「そのとおりです」僕は答えた。「もちろん、優れた才能を見込まれてのこととは、想像しますが……」

「そうではありません。区長は、世襲(せしゅう)なのです」

「世襲?」

「区長だけではありません。ここでは、あらゆる仕事がほとんど世襲です」

「ああ、そうなんですか。親の跡を継ぐということですね」

「はい。私は、三年まえに引き継ぎました」

「世襲なんて、もう世界中のどこでも、消えてしまったシステムですよ」

「そう聞いています」

「そうか……、ここでは、まだそれが可能なのですね」

「もちろん、別の仕事に就(つ)きたければ、それも自由です。しかし、子供はたいてい親を見て育ちます。手伝いもします。自然に、同じ仕事をするようになるのです」

「そう考えてみると、人類は、どうも、本来のあり方からだいぶ遠くへ来てしまったようですね」

神殿の建物が目前になって、再び階段を上がった。柱が並んで高い天井を支えているが、周囲には壁はなく、ここはまだ屋外といえる場所だった。雨を避けるためのスペースのようだ。

半分ほど歩いたところで、カンマパは立ち止まり、後ろを振り返った。そして、ウグイとアネバネを見て、こう言った。

「申し訳ありませんが、この先は、ハギリ博士だけにしていただきたいのです」

ウグイは、まず僕を見た。僕は無言で頷いて返す。アネバネは黙っているだろう。

「危険はありませんか？」ウグイがきいた。

「私が保証します。ここは、許可された人しか入ることができません」

「誰が許可をするのですか？」ウグイは食い下がった。

「私自身、許可されていません」カンマパは言う。

「え？　それでは……」ウグイは僕に近づいた。「先生、これは危険なのでは……」

「えっと、私一人で入っていけば良いのですか？」僕はカンマパにきいた。

「中で案内する者が待っているはずです」カンマパは答えた。

僕は頷いて歩き始める。

しかし、五メートルほど進んだところで、ウグイに呼び止められた。彼女は、走って追いついてきた。そして、僕に耳打ちした。

「罠かもしれません」

罠か……。僕は考えた。その可能性も低くはない。しかし、もし罠ならば、いつでも僕も、そしてウグイたちも、殺すことは簡単だ。では、殺されず、捆まってしまうという可能性か……。それも、あのコミュータのまま、確保ができたはずだ。それに、このナクチュのこの場所でなくても良い。

「先生」ウグイが呼んだ。

「大人しく待っていてほしい。大丈夫」

「納得できません。後悔するのは嫌です」

「頼む。ムラサキ」

「は?」ウグイは口を開けた。「何ですか、それ」

僕は彼女を無視して歩くことにした。

「マーガリィです」後ろでウグイが呟いている。しかし、追ってくる様子はない。

ステップを上がり、開いているドアの中へ入った。

広い空間だった。講堂みたいだ。

そうか、ここは教会だったのだ、と思い浮べる。

そこをさらに進む。奥は舞台のようだったが、その横にドアがあって、それも開いていた。

魔物が出る、とツェリンが話していた。

それは、ちょっと恐い。今頃思い出すなんて……。

開いたドアの先は暗かった。通路があるようだ。そこに、白い姿が現れた。ホログラムかと思ったが、そうではない。女が立っている。魔物でなくてほっとした。

ここの担当者ということか、と思ったが、近づくと、息ができなくなった。

「先生、またお会いしましたね」彼女は言った。

それは、以前に僕の前に現れたことのある女性だった。

白いワンピースで、黒髪は艶やか。

青い瞳が、僅かな光を宿して。

通路は暗く、照明は灯っていない。

「マガタ・シキ博士ですか？」僕は尋ねた。

彼女は、その問いに答えず、通路の奥を向き、歩き始めた。

僕はそれに従うしかなかった。

並んで歩くことはできない。恐れ多い感じがしたからだ。三メートルほど後ろを歩きながら、呼吸を戻し、ひたすら考えた。

何だろう、この状況は。

やはり、すべてがプログラムされていたのか。

さらに暗い場所に出た。

どこまで空間が存在するのかわからない。

ただ、ぼんやりと一人の女性がいて、その近くに自分が存在するという観念に取り憑かれて、自分の思考は既に彼女の頭の中にあるのだ、と何故か感じるのだった。

自動でスライドするドア。

そして、僅かな重力加速度。

降りていくようだ。

地下へ。

言葉は消えていた。

自分の息だけが聞こえる。なにか話さなければ、と思ったが、そう思ったことも、もう彼女には悟られているだろう、きっと。

「テンジン知事とのお約束は、私が提案したものです」彼女は言った。

「サンプルを提供いただけるのですね?」

「ここには子供が沢山います。日本からでも測定が可能ですね?」

「こちらへ端末を設置すれば可能です」

「それがよろしいわ。先生がこちらへいらっしゃる必要はありません。それは、また別の危険を伴います。カンマパか、ツェリンをお使い下さい」

「あの二人は、博士のスタッフなのですか?」

「スタッフ?」彼女は、そこでくすっと笑ったようだったが、しかし、顔はこちらを向いていない。それに、とても暗い。

僅かな振動があって、エレベータが止まったことがわかった。

空気が流れる音。
彼女が進み出たので、僕もその後を歩く。
冷たい空気。
緑やオレンジの小さな光。
無音。
しばらく歩いて、立ち止まった。
「ここです」
柔らかい光源が上から天使のように降りてくる。
その光の中心に彼女がいて。
近寄り難い冷徹と、揺るぎのない美麗と。
ただ、生きている。
ただ、息をしている。
このようなものを見るとは、思っていなかった。
曲面上の壁に、沢山のハッチが。
点滅するインジケータ。
無数を励起して。
静寂が沈殿する。

「ここにあるのは、貴重な試料です」彼女の言葉が響く。

「試料？」

ハッチの一つに近づく。それが手前にスライドする。

煙のような白い気体。

現れたのは、白く凍った人体だった。

よくわからない。

作り物かもしれない。しかし……。

性別はわからないが、若い。

「誰ですか、これは」僕は質問をしていた。

「誰でもありません。もはや」

「死んでいるのですね？」

「死んでいる？」

「生きたまま冷凍されたのですか？」

「その違いは？」

違い？　生と死の？

僕は答えられなかった。

「約三百体あります」

「三百体?」

「今ならば、生かせることができるものも」

「しかし……」

「私の試算では、五十体は再生するでしょう」

「それを望んで、ここに入ったのでしょうか?」

「望んで?」

「自らの意思で、冷凍されたのですか?」

「意思? 何の意味が?」

「意思の……意味ですか?」

「問うことに価値はあります。意思とは、問うだけのもの」

「私は、何をすれば良いでしょうか?」

「ご自身が、それを決めるのです」

「しかし……。私をここへ導いた。その理由は?」

「理由? その価値は?」

「理由がなければ……、いや、わからない。撤回します」

「誰も、きっとわからない」

「わかりません」

「ここを知っている者は少ない。皆、忘れてしまいました」

「どうしたら良いでしょうか？」

彼女は黙っていた。

僕も黙っていた。

今は考えられない。

「人間は、どこで間違えたのでしょうか？」

僕は聞いていた。

どこまで戻れば、解決ができるのでしょうか？

戻ることができますか？

解決に、価値はあるのですか？

気の遠くなるような疑問が、低温のため低く停滞し。

夢の時間が凍りつくまえに、僕はこの神殿から逃れることができた。

「先生？」というウグイの声を聞いたときには、コミュータの中でシートに深くもたれている自分の躰を感じた。「大丈夫ですか？　何があったのですか？　なんだか、ぼんやりされているように見えますが」

「ぼんやりしている」僕は言葉を繰り返した。

「お疲れでしょうから、お休みになって下さい。空港まで約五十三分と少々です」

「また、戦闘機？」

「はい」

ぼんやりしていた頭が、急に雲が晴れるようにすっきりした。

えっと、一つまえのウグイの質問は？

何があったのですか？

何があった？

なにもなかったのか？

そうではない。

なにもかもが、あったのだ。

冒頭および作中各章の引用文は『ニューロマンサー』（ウィリアム・ギブスン著、黒丸尚訳、ハヤカワ文庫）によりました。

〈著者紹介〉

森 博嗣（もり・ひろし）

工学博士。1996年、『すべてがＦになる』（講談社文庫）で第１回メフィスト賞を受賞しデビュー。怜悧で知的な作風で人気を博する。「Ｓ＆Ｍシリーズ」「Ｖシリーズ」（共に講談社文庫）などのミステリィのほか『スカイ・クロラ』（中公文庫）などのＳＦ作品、エッセイ、新書も多数刊行。

魔法の色を知っているか？

What Color is the Magic?

2016年1月18日　第1刷発行　　定価はカバーに表示してあります

著者……………………森 博嗣

©MORI Hiroshi 2016, Printed in Japan

発行者……………………鈴木　哲

発行所……………………株式会社 講談社

〒112-8001 東京都文京区音羽2-12-21

編集03-5395-3506

販売03-5395-5817

業務03-5395-3615

本文データ制作……………講談社デジタル製作部

印刷……………………株式会社廣済堂

製本……………………株式会社若林製本工場

カバー印刷………………慶昌堂印刷株式会社

装丁フォーマット…………ムシカゴグラフィクス

本文フォーマット…………next door design

ISBN978-4-06-294013-9　N.D.C.913　262p　15cm

《最新刊》

エチュード春一番
第一曲　小犬のプレリュード

荻原規子

迷い込んできた小犬が「わしは八百万の神だ」と名乗ってから、美綾の平穏な生活が一変する！　波乱だらけの、神様との同居生活。

カタナなでしこ

榊 一郎

きっかけは、一振りの刀身だけの日本刀だった。好きなことも嫌いなこともバラバラな四人の女子高生が〝初めて〟に挑戦する青春小説。

雨の日も神様と相撲を

城平 京

「相撲を教えてくれないか？」村を治める一族の娘・真夏と、喋るカエルの神様に出会った僕は、神様同士の相撲勝負の手助けをすることに!?

魔法の色を知っているか？
What Color is the Magic?

森 博嗣

シンポジウム参加のためチベットを訪問した研究者のハギリ。そこで彼は、特別区ではいまだに子供が生まれていると知る。Wシリーズ第2作。